विजय तेन्दुलकर

मराठी के आधुनिक नाटककारों में शीर्षस्थ विजय तेन्दुलकर का जन्म 6 जनवरी, 1928 को मुम्बई में हुआ था। 50 से अधिक नाटकों के रचयिता तेन्दुलकर ने अपने कथ्य और शिल्प की नवीनता से निर्देशकों और दर्शकों, दोनों को बराबर आकर्षित किया। पूरे देश में उनके नाटकों के अनुवाद एवं मंचन हो चुके हैं। हिन्दी में उनके 30 से अधिक नाटक खेले जा चुके हैं।

'खामोश! अदालत जारी है', 'घासीराम कोतवाल', 'सखाराम बाइंडर', 'जाति ही पूछो साधु की' और 'गिद्ध' आदि बहुचर्चित-बहुमंचित नाटकों के अलावा उनकी प्रमुख नाट्य-रचनाएँ हैं—'अंजी', 'अमीर', 'कन्यादान', 'कमला', 'चार दिन', 'नया आदमी', 'बेबी', 'मीता की कहानी', 'राजा माँगे पसीना', 'सफ़र', 'नया आदमी', 'हत्तेरी क़िस्मत', 'आह', 'दंभद्वीप', 'पंछी ऐसे आते हैं', 'काग विद्यालय', 'काग़ज़ी कारतूस', 'नोटिस', 'पटेल की बेटी का ब्याह', 'पसीना-पसीना', 'महंगासुर का वध', 'मैं जीता मैं हारा', 'कुत्ते', 'श्रीमंत', 'विट्ठला' आदि।

उन्हें 'संगीत नाटक अकादेमी पुरस्कार', 'कमलादेवी चट्टोपाध्याय पुरस्कार', 'राष्ट्रीय फ़िल्म पुरस्कार', 'सरस्वती सम्मान', 'महाराष्ट्र गौरव पुरस्कार' समेत कई पुरस्कारों से पुरस्कृत और सम्मानित किया गया। 1984 में उन्हें भारत सरकार द्वारा 'पद्म भूषण' से अलंकृत किया गया।

निधन : 19 मई, 2008

कमला

विजय तेन्दुलकर

अनुवाद

वसन्त देव

राजकमल पेपरबैक्स

पहला पुस्तकालय संस्करण
राजकमल प्रकाशन प्राइवेट लिमिटेड द्वारा
1984 में प्रकाशित

राजकमल पेपरबैक्स में
पहला संस्करण : 2023

राजकमल पेपरबैक्स : उत्कृष्ट साहित्य के जनसुलभ संस्करण

राजकमल प्रकाशन प्रा. लि.
1-बी, नेताजी सुभाष मार्ग, दरियागंज
नई दिल्ली-110 002
द्वारा प्रकाशित

शाखाएँ : अशोक राजपथ, साइंस कॉलेज के सामने, पटना-800 006
पहली मंजिल, दरबारी बिल्डिंग, महात्मा गांधी मार्ग, प्रयागराज-211 001

वेबसाइट : www.rajkamalprakashan.com
ई-मेल : info@rajkamalprakashan.com

बी.के. ऑफसेट
नवीन शाहदरा, दिल्ली-110 032
द्वारा मुद्रित

मूल्य : ₹150

KAMLA
Play by Vijay Tendulkar
Translated by Vasant Dev

ISBN : 978-81-19159-35-2

[इस नाटक का हिन्दी में सर्वप्रथम प्रदर्शन 'अभियान' दिल्ली द्वारा श्रीराम सेंटर (तलघर) नई दिल्ली में 3 दिसम्बर, शुक्रवार 1982 को हुआ।]

नेपथ्य

निर्देशन : राजेन्द्रनाथ
निर्देशन सहयोग : सान्त्वना
प्रकाश-व्यवस्था : सीतांशु मुखर्जी
दृश्य-विधान : अशोक भट्टाचार्य
मंच-प्रबन्ध : हरविन्दर शिखंड

पात्र

काकासाहब : सुभाष गुप्ता
सरिता : वीना मेहता
कमलाबाई : हेम नलिनी
जयसिंह : एस. एम. ज़हीर
कमला : सुचित्रा गुप्ता
जैन : उमेश श्रीवास्तव

पहला अंक

[सुबह।

दिल्ली की नीतिबाग की बस्ती में स्थित एक छोटी बँगलिया का ड्रॉइंगरूम।

यहाँ अंग्रेजी समाचार-पत्र का एसोशिएट एडीटर जयसिंह जाधव नामक विख्यात युवा पत्रकार रहता है।

परदा उठने पर दिखाई पड़ते हैं सरिता के काका जो फोन पर बात कर रहे हैं। सरिता अर्थात् जयसिंह की पत्नी। काकासाहब सरदार घराने से हैं लेकिन गांधी जी से प्रेरणा पाकर बहुत सीधी-सादी जिन्दगी जीते आए हैं। उम्र साठ से अधिक है।]

काकासाहब : *(फोन पर)*
हेलो ओ, कौन चाहिए आपको? हाँ, जयसिंह जाधव्ज हाउस। वो बाहर गए हुए हैं। ही इज़ नॉट इन डेलही, गॉन अवे। शायद आज आएँ। आज आएँगे। हाँ, करना, फून करना। कल करना, कल भाई।
(रिसीवर रखते हैं।)

[सरिता ब्रेकफास्ट लेकर आती है]

सरिता : *(ट्रे डाइनिंग टेबुल पर रखते हुए)*
कौन था, काकासाहब?

काकासाहब : कोई था...न हमने पूछा, न उसने बताया। होगा कोई, करता रहेगा कल फून।

सरिता : मुझे कॉल्स की सूची रखनी पड़ती है।

काकासाहब : तब से तीन फून तो हमीं ले चुके। कितनों के नाम लिखोगी? काम का फून होता है तो आदमी नाम बताता है। अगर नहीं बताता तो समझ लो, फालतू में घुमा रहा है।

सरिता : ये आपका कानून हुआ। उनका कानून अलग है। अगर कह दें कि नाम नहीं बताया तो तड़ाक पूछेंगे, तुमने क्यों नहीं पूछा?...बहुत बिगड़ते हैं।

[फोन बजता है। सरिता उठाती है]

सरिता : *(फोन की ओर जाते-जाते)*
काकासाहब, आप शुरू कीजिए। मैं अभी आती हूँ।
(फोन पर)
हेलो? मैं मिसेज जाधव बोल रही हूँ। नमस्ते। जी नहीं। वो अभी तक नहीं आए। जी नहीं, कहके नहीं गए। आपका कोई काम हो तो...प्रेस-कॉन्फ्रेंस? कल शाम को? छह बजे प्रेस क्लब में? अच्छा जी। मैं मैसेज दे दूँगी। आपका शुभ नाम? धन्यवाद। बाय...
(नाम लिख लेती है। दुबारा फोन बजने पर रिसीवर उठाती है।)
हाँ जी। जयसिंह जाधवसाब की कोठी है। आप कौन साब हैं? जी। नहीं लौटे हैं। कोई मैसेज हो तो दे दूँगी। दफ्तर? पता नहीं जी, जाएँगे या नहीं। फोन करने को कह दूँगी। आपका नम्बर?
(लिखकर)
हाँ जी, कह दूँगी। आएँ शायद, मगर वहाँ का काम पूरा न हो, तो शायद नहीं भी आएँ। जी, सब कुशल-मंगल, आपकी दया से...

[लिखकर डाइनिंग टेबुल की दिशा में दो-चार कदम चलती है कि फिर घंटी बज उठती है।]

काकासाहब : तुम कमलाबाई को बिठाओ इसकी खोपड़ी पर। अरे, इनमें से पौन हिस्सा फून फालतू के होंगे। एक तो तुम्हारे जाधवसाब पत्रकार, दूजे ये दिल्ली।...अगर नाम बताए तो लेना, नहीं तो मरने देना...

सरिता : *(फोन पर)*

हेलो...जयसिंह जाधव की कोठी है।

(पंजाबी में)

वो दिल्ली में नहीं हैं।

(हिन्दी में)

बाहर गए हुए हैं। शायद आज आएँ, या कल। कल फोन कीजिए।

(पंजाबी में)

कौन, सुरिन्दर? मैं आवाज नहीं पहचान पाई। माफ करना।

(हिन्दी में)

क्या मैसेज दिया है? आज आ रहे हैं? अभी हाल? थैंक्स सुरिन्दर। थैंक्स फॉर द मैसेज।

(पंजाबी में)

सब ठीक है। आइए न। आइए न, जब वो यहाँ हों। बाय...

(फोन रखकर जल्दी-जल्दी मेज पर पड़े अखबार समेटती है। तहाकर करीने से रखती है। डाइनिंग टेबुल की ओर बढ़ते हुए)

ऑफिस से फोन आया था। टेलिप्रिंटर मैसेज था। आते ही होंगे। कल रात को उज्जैन से चल दिए हैं।

काकासाहब : मतलब हुजूर के दर्शन होने के आसार हैं। वर्ना हम, कभी दिल्ली न आनेवाले, यहाँ; और ये हजरत गायब...

सरिता : *(पुकारकर)*
कमलाबाई...

[मराठी नौकरानियों की तरह नौ गजी साड़ी पहने अधेड़ उम्र की कमलाबाई आती है। परेशान दिखाई पड़ रही है।]

सरिता : साहब आ रहे हैं। फ्रिज में गोभी लाके रक्खी है, उसकी सब्जी बनाना। काकासाहब वो आम लाए हैं न, अगर पक गए हों तो छह-सात निकाल के रखना। और देखना, फ्रिज में बिअर है कि नहीं। न हो तो रामदेव को दौड़ाओ फौरन। और हाँ, कल रातवाली बिरयानी देखना जरा। काम की है?

कमलाबाई : जी, काम कीच् हय्।

सरिता : धोबी के यहाँ से रामदेव कपड़े ले आया?

कमलाबाई : कल्लच लाया। साब का आलमारी में रक्खा।

सरिता : ठीक है। तुम जाओ और...

कमलाबाई : जातीच बाईसाब मैं घरकू आपने। टिकीट कटाके देओ मेरेकू।

सरिता : घर? क्यों, क्या हुआ?

कमलाबाई : बाईसाब, ये श्येर डिल्ली हय् के भड़भुंजे का भाड़ हय्? उप्पर से तुमारा ये नौकर लोक। काम का नाम से बोम्। तुम मेरेकूच पूछेंगा—कमलाबाय्, ये व्हा के नेईं? ओ व्हा के नेईं?

सरिता : अच्छा देखेंगे। पहले काम शुरू करो। साहब आते होंगे।

[कमलाबाई भीतर जाती है।]

काकासाहब : सरिता, दिल्ली ने इसे भीगी बिल्ली बना दिया!

सरिता : अभी हुशियार हुई जाती है।

काकासाहब : पर हम कहें, तुम्हें जरूरत ही क्या है पीहरवाले नौकर की? क्या इतनी बड़ी दिल्ली में नौकर नहीं मिलता?

सरिता : काकासाहब, दिल्ली ठहरा पराया देस। भरोसे का आदमी अपने पास होता है तो अच्छा ही रहता है।

काकासाहब : हूँ। अंग्रेजी, पंजाबी दनादन ठोंकती जाती हो। चार साल में दिल्लीवाली बन गईं तुम, तुम्हें क्या गरज भरोसे का आदमी पीहर से बुलाने की?...इतना पढ़-लिखके भी सरिता, तुम रहीं वोई, हाय दैया टाइप!

सरिता : वही सही। माँजी साहिबा को भरोसा तो बना रहता है कि घर का आदमी है यहाँ तो अच्छी-भली रह रही होगी। और इसमें गलत भी क्या है?

काकासाहब : गलत? सब गलत है। अरे भाई, जहाँ रहते हो, वहीं के होके रहना सीखो। यही नहीं सीख पाया हमारा महाराष्ट्र इसीलिए आज फिसड्डी होके रह गया है। हमारा गबरू जवान भारत का डिफेंस मिनिस्टर तो बन गया, मगर दिल्ली पहुँचकर भी गाँव की गली नहीं भूल पाया। डेरा यहाँ डाले हुए है, मगर एक टाँग वहाँ गाँव की गली में अटकाए हुए है। नतीजा क्या? लटक गया! न रहा दिल्ली का, न गली का...

सरिता : रहने दीजिए। पर जब कभी किसी फंक्शन वगैरा में भेंट हो जाती है या नाटक-वाटक में तो आपको याद करते हैं, बिला नागा।

काकासाहब : भगवान का शुकर है। हम किसी को क्यों याद आने चले हैं। गए-गुजरे ज़माने की तसवीर हैं हम। सुरगवाशी पत्रकार जो जाने क्यों जिन्दा है! आज का ज़माना ठहरा तुम्हारे साहब-जैसों की नई पत्रकारिता का। नए भाग-दौड़वाले जर्नलिज्म का! वहाँ आग लगने की देर, ये पट्ठा यहाँ से भागा। कहीं दंगे-अंगे की खबर मिली तो

वहीं से पंख उगाके उड़ दिया। चाहे पाताल में बलात्कार हो या आसमान में मिनिस्ट्री डाँवाडोल हो, ये जनाब वहाँ मौजूद हैं। क्यों भाई? तो आँखों-देखा हाल सुनाने। हम मौजूद हैं, हाजिर हैं, इसी को पकड़े बैठे हैं, लिखें चाहे कुछ...चलता है।

सरिता : कुछ कैसे लिखें? काकासाहब, जब तक ये खुद जाके जाँच-पड़ताल नहीं कर लेते, तब तक एक अक्षर तक नहीं छापने देते।

काकासाहब : इसीलिए बाद में चिट्ठी-पत्री का कागारोर मचा करता है। यह गलत, वह झूठ, वैसा हुआ ही नहीं...एकदम मनगढ़न्त किस्सा, वगैरा-वगैरा...

सरिता : ये तो होगा ही...

काकासाहब : और जाँच-पड़ताल की फुरसत है किसे? क्योंकि अटके, तो टपके। भाग-दौड़ मार्का जर्नलिज्म! रेस लगी है, भगे जाते हैं...जब जैसी गरज हो, जड़ते चले जाते हैं।

सरिता : *(शरारती सुर में)*
हूँ ऊँ? आने दीजिए अभी...सब कह दूँगी...

काकासाहब : हाँ-हाँ, आने दो। वक्त भी होगा उनके पास कि कुछ सुनें? तुम कहना शुरू करोगी तो यहाँ होंगे, खतम करोगी तो वहाँ बिहारशरीफ में होंगे...या जनाबे-आली लाल डेंगा के छप्पर पर बिराज रहे होंगे, आँखों-देखा हाल निहारते! और निहारेंगे क्या? तो साब, कत्ल, खून, अत्याचार, बलात्कार या आगजनी...

सरिता : अगर वो जारी है तो देखें नहीं?

काकासाहब : देखने की क्या जरूरत? भाई मेरे, हादसे की तफसीलें काम की नहीं होतीं, काम का होता है मुद्दा। आप खयाल बोलिए। रास्ता दिखाइए कि ये सब कैसे रोका जाए। तमाम कत्ल और अत्याचार और दुनियाभर की

आगजनी...सब हैं तो एकी-जैसी आखिर। फर्क क्या है? क्यों इतनी-सी बात के लिए अपना और देश का समय बरबाद करें? खयाल जाहिर करने के बजाय खून से लथपथ वर्णन चटखारे भर के करनेवाला पत्र-व्यवसाय किस काम का? ये तो हुआ रक्त-व्यवसाय!

सरिता : *(बरकाने के विचार से)*

अच्छी याद आई काकासाहब, उनके नए बुश्शर्ट का बटन टूट गया था। जाते-जाते टाँकने को कह गए थे। मैं अभी आई...

(ऊपर चली जाती है।)

[फोन की घंटी बजती है। काकासाहब पहले तो इधर-उधर देखते हैं। बाद में खुद जाकर उठाते हैं।]

काकासाहब : *(फोन पर)*

हलाओ...हाँ, जयसिंह जाधव की कोठी है। आप कौन साब बोल रहे हैं? वो नहीं हैं, नहीं हैं। क्या? अखबार? तेईस तारीख का?...खबर छापी है? कैसी खबर?

(सुनकर)

वो?

(सुनकर फ्रैंटिक होकर)

कौन है तू? नाम बोल...अरे, नाम बोल पहले...तुझको पुलिस के हवाले करता हूँ...जेल भिजवाता हूँ...क्या समझता है अपने को? हलाओ...हलाओ...

[फोन कट जाता है। ऊपर से सरिता आती है, बटन टाँकने की तैयारी करके।]

काकासाहब : *(रिसीवर क्रेडल पर पटककर)*

हरामखोर...क्या समझता है...

सरिता : क्या हुआ काकासाहब? किसका फोन था?

काकासाहब : नाम नहीं बताया था...धमकी देता था पाजी...क्यों जी, क्या लिक्खा है तुम्हारे आदमी ने तेईस के अखबार में?

सरिता : तेईस...यानी कलवाले में? हाँ-हाँ, लिक्खा है मध्य प्रदेश के एक एम.पी. के बारे में जिसने अपने नौकर को चोरी के इलजाम में बन्द कर दिया और बहुत मारा-पीटा... उसी के बारे में लिखा है।

काकासाहब : उसी को लेके कोई धमकी दे रहा था कि सड़क पै घसीटकर मारूँगा...बोला, इसे आखिरी नोटिस समझना। क्यों भाई, क्या जरूरी है कि ये सब अपने नाम के लिखा जाए? 'हमारे विशेष संवाददाता की ओर से' यह नहीं लिखते बनता तुम्हारे आदमी को?

सरिता : उनका आग्रह रहता है कि जो भी लिखा जाए, अपने नाम से लिखा जाए। एक बार नाम छपने से रह गया तो इस्तीफा देने पर उतर आए थे।

काकासाहब : तभी कत्ल की धमकियाँ आती हैं।

सरिता : वो कौन बड़ी बात है...धमकियाँ मिलती ही रहती हैं बीच-बीच में। कभी-कभी आधी-आधी रात फोन खनखनाता है। उठाएँ तो ऐसा ही कुछ भयानक सुनना पड़ता है। कई बार तो वो घर पै भी नहीं होते। ढूँढ़ें तो कहाँ ढूँढ़ें...पता ही नहीं रहता। अब तो मुझे भी आदत हो चली है।

काकासाहब : एकाध हथियार-उथियार रखता है अपने पास या नहीं?

सरिता : नहीं।

काकासाहब : पुलिस में रिपोर्ट की?

सरिता : वो कहते हैं कि उनमें से आधी धमकियाँ पुलिसवालों की तरफ से ही आया करती हैं, तब उन्हीं को बताने में क्या फायदा? मैं कई-कई बार अपसेट हो जाती हूँ, मगर वो ध्यान ही नहीं देते।

काकासाहब : ये बेवकूफी है, मर्दानगी नहीं। अगर जंग मचाना चाहते हो तो हाथ में बन्दूक रखनी ही चाहिए।

सरिता : आप कहिए न उनसे।

काकासाहब : कहेंगे...आखिर हमारी बिटिया की जिन्दगी का सवाल है। कोई इसलिए नहीं दी बेटी, कि बेवा हो जाए...कह देना उससे।

सरिता : बेटी दे ही दी है न आखिर? तो अब क्या! आपके कहने से तो वे बदलनेवाले हैं नहीं। एक दफा मैंने बात छेड़ी-भर थी, तो लगे एयर-टिकिट बुक कराने...मेरा।

[दरवाजे की घंटी तीन-चार बार बज उठती है। बेतरतीबी से।]

सरिता : आ गए हैं।
(जोर से)
आई...अभी आई...

[दरवाजा खोलने जाती है।]

[कुछ ही पलों में जयसिंह और सरिता आते हैं। उनके बाद आती है एक गाँव की औरत। मैले-कुचैले कपड़े। मुँह पर घूँघट। बगल में पोटली दबाए हुए।]

जयसिंह : *(सरिता से)*
रातवाली गाड़ी नहीं पकड़ पाया तो फिर प्राइवेट टैक्सी लेकर पीछा किया। दोनापुर में पकड़ी...वो भी लेट चल रही थी...
(काकासाहब को देखकर)
ओ हो हो! काकासाहब तशरीफ लाए हुए हैं। आपके तो दर्शन दुर्लभ हैं। कहिए, कब आना हुआ?

काकासाहब : परसों से डेरा जमाए हुए हैं। सोचा, ऐसा न हो कि छूँछे ही जाना पड़े।

जयसिंह : अरे, आए और चल दिये?

(सरिता से)

क्यों सरिता, हम इन्हें उलटे पाँव लौट जाने देंगे? नो-नो, आप यहाँ रहेंगे, कम-से-कम एक हफ्ता!

काकासाहब : नहीं भाई। हमें कल ही लौटना है।

जयसिंह : यू जस्ट कांट गो काकासाहब। आप कोई जुम्मे-के-जुम्मे तो दिल्ली आते नहीं।

काकासाहब : तुम हमें यहाँ डिपॉजिट करा दोगे और खुद चल दोगे केरल या नेपाल में किसी कत्ल का पंचनामा करने।

जयसिंह : *(ठहाका मारकर)*

दैट्स अ गुड वन! कत्ल का पंचनामा!

(सरिता से, जो अखबार थमा देती है)

देख चुके। स्टेशन पर खरीदा था। अच्छा, किस-किसके फोन आए थे?

[सरिता नोटबुक थमाती है।]

जयसिंह : गरम पानी का इन्तजाम कराओ। ऐसे चीकट सफर के बाद क्या मजा आता है बदन सेंकते हुए नंग-धड़ंग नहाने में।

(काकासाहब के सामने सरिता का संकोच समझकर)

ओ सॉरी! ये हमारी पंजाबी आदत है काकासाहब। जबान पर लगाम नहीं रह गई है।

(सरिता से)

सुनो, चाय ले आओ। सूटकेस में चार दिनों की धुलाई पड़ी हुई है, धुलने दे देना। देते समय नाक बन्द कर लेना क्योंकि बेहिसाब गँधा रहे होंगे। बाद में पिनपिनाओगी, इसलिए पहले ही वार्निंग दे रहा हूँ, हाँ।

(नोटबुक के कॉल्स में डूब जाता है)

काकासाहब : भाई जयसिंह, उसमें एक कॉल नहीं लिक्खा है। वो हमीं ने लिया था।

जयसिंह : *(नोटबुक में देखते-देखते)*
अच्छा? किसका था?

काकासाहब : गुमनाम था।

जयसिंह : *(एक दफा काकासाहब को देखकर दुबारा नोटबुक में धँसकर सहज भाव से)*
क्या कह रहा था?

काकासाहब : 'उससे कह देना, घर में से घसीटकर बाहर निकाल के मारेंगे। राई-इत्ते टुकड़े कर देंगे। अगर तुझे जिन्दा छोड़ा तो असल बाप की औलाद न कहना। इसे आखिरी नोटिस समझना, समझे?'

जयसिंह : *(नोटबुक में देखते-देखते)*
हूँम्!
(काकासाहब से)
फोन काहे की बाबत था? डेट वगैरा बताई थी?

काकासाहब : तेईस।

जयसिंह : *(नोटबुक देखते-देखते)*
मैं जानता था...
(फिर नोटबुक में मग्न हो जाता है।)

काकासाहब : तुम्हें डर नहीं लगता?

जयसिंह : *(सिर उठाकर)*
डर? डर किस बात का?

काकासाहब : तुम्हें मार डालने की धमकी देते हैं।
(जयसिंह हँसकर फोन का डायल घुमाता है।)
तुम्हें हँसी आती है? जयसिंह जी, इस मुगालते में न रहिएगा कि लोग धमकी देने के बाद चुप हो जाते हैं। एकाध सिरफिरा...

[जयसिंह को फोन इंगेज्ड मिलता है।]

जयसिंह : *(रिसीवर को क्रेडल पर पटककर)*
दीज़ डेल्ही फोन्स।...
(काकासाहब से, जो चुप हैं)
सॉरी! आप कुछ कह रहे थे।

[सरिता चाय की ट्रे लेकर भीतर से आती है।]

जयसिंह : *(सरिता को देखते ही)*
ओ टी! वंडरफुल! रक्खो, मैं अभी फोन करके आता हूँ। या लाओ, दो।

[चाय के घूँट पीते-पीते फोन घुमाता है। कन्धे पर रखा रिसीवर कनपटी से दबाए हुए है। काकासाहब यह तमाशा देखते हैं। चाय पीते हैं। वे अपसेट हैं।]

जयसिंह : हेलो!
(पंजाबी में)
जसपाल जी, मैं जयसिंह बोल रहा हूँ। अभी-अभी आया हूँ। मिशन सक्सेसफुल!
(हिन्दी में)
जी, साथ लेकर ही आया हूँ।
(यह कहते-कहते देखता है उस औरत की ओर जो उसके पीछे-पीछे हॉल में आई थी, और अब एक कोने में मुँह घूँघट में छिपाए खड़ी है। सरिता को इशारे से बताता है कि उसे चाय दो।)
कैसी है? आप ही देख लीजिए। एकदम चौदहवीं का चाँद है।
(जोर से हँसता है)

प्रेस-कॉन्फ्रेंस कै बजे रक्खी है?...दैट्स वंडरफुल! ...बाकी सब तैयारियाँ हो गईं? एक्सिलेंट!...केस कर सकते हैं फिर भी? लेट देम प्रोसीड, दैट विल मेक अ नाइस फ्रंट-पेज न्यूज़ आइटम...और भी पब्लिसिटी!... इस बार देख लेना, उनसे बन्दर का नाच नचवा के ही रहेंगे।...ओ नो, सिर्फ मैं नहीं, पूरी-की-पूरी टीम!...ऑल आफ अस, हम सब...आपका सपोर्ट है इसीलिए तो...जी, शुक्रिया! डज़ सेठजी नो? मालूम है सेठजी को? नहीं न? राइट! बुड्ढे बाबा के लिए सरप्राइज रहेगा...
(जोर से हँसता है)
लेट अस सी।...क्यों नहीं? वो मुझे निकाल भी सकते हैं।...आए एम नाट वरीड...जब आप हमारे साथ हैं, तब चिन्ता किस बात की?...दैट्स रियली मार्वेल्स।...अच्छा देन...जी हाँ, चार दिन से नहाना नसीब नहीं हुआ... बाय...
(रिसीवर रख देता है)

[सरिता गाँव की औरत को इसी बीच चाय देती है। भीत से सटकर उकड़ूँ बैठे वह फूँक-फूँककर चाय पीती है। मजे में है। चेहरे पर घूँघट। जयसिंह चाय का मग लेकर काकासाहब के सामने जाकर बैठ जाता है। दूसरी ओर सरिता।]

जयसिंह : आए एम फुली सॉरी काकासाहब...ये प्रोफेशन ही कुछ ऐसा है कि...आप कुछ कह रहे थे...शायद...हाँ, धमकीवाला कॉल...

काकासाहब : हमारे कहने से कुछ होगा क्या?

जयसिंह : *(हँसकर)*
कोशिश तो करेंगे।

काकासाहब : बात हँसकर के टालने की नहीं है। एकाध बार लेने के देने पड़ जाएँगे।

जयसिंह : *(जैसे याद आ गया हो)*

पहले ये बताइए कि आपका दिल्ली आना कैसे हुआ?

सरिता : उन्होंने खत भेजा था। मैंने आपको बताया था।

जयसिंह : ओ...यस-यस! आई रिमेम्बर! दिल्ली में कुछ काम था आपका?

सरिता : उन्हें अपने साप्ताहिक पत्र के लिए कागज का कोटा हासिल करना था।

जयसिंह : दैट्स राइट। हो गया हासिल?

काकासाहब : पत्र और स्मरण पत्र लिख-लिखके मरण तक पहुँच गए हम। लिहाजा खुद आ धमके। कल पूरे दिन इस मेज से उस मेज डाक बनकर के घूमा किए। आखिरकार एक फरिश्ते को तरस आ गया। दया करके आश्वासन तो दिया कि करते हैं।

जयसिंह : सरिता, इनसे डिटेल्स ले लेना। मैं डिपार्टमेंट के सेक्रेट्री को फोन कर दूँगा, मगर मुझे याद दिलाना काम तुम्हारा।

काकासाहब : देखो जयसिंह, ऐसा काम मत करना, चाहे हमारी ही खातिर हो, जो तुम्हें जँचे नहीं...हाँ...

जयसिंह : सेक्रेट्री मेरा दोस्त है। और मैं उससे इतना ही कहनेवाला हूँ कि तुमसे जो भी बन पड़े, और अगर मुमकिन हो तो, जल्दी करना, बस। काकासाहब, आप आ ही गए हैं तो कुछ रोज रुकिए, रहिए। सैंक्शन लेके ही जाइए। क्यों सरिता?

काकासाहब : तब तो भाई, यहीं शरीर त्यागने की नौबत आएगी। दिल्ली की दिल्लगी ही निराली है। अन्धेर नगरी है ये। पर तुम ये बताओ कि ये जो हमारी रानी बेटी है, इसका तुमने क्या करने की ठानी है?

जयसिंह : *(आश्चर्य से)*
रानी बेटी? क्यों?

सरिता : मैंने कुछ नहीं कहा, सच। वही सुबह से रट लगाए हुए हैं।

काकासाहब : कहीं भी चल देते हो, कभी भी चल देते हो, ये भी नहीं कहके जाते कि कहाँ जा रहे हो...इस बार आते ही पूछा था, बोली, पता नहीं...और यहाँ घर में ऊलजलूल फोन आते रहते हैं धमकियों-भरे...

जयसिंह : *(चेहरे पर उकताहट, कन्धे मटकाकर हँसी में उड़ाते हुए)*
ओ, दैट। मालूम होता है सरिता ने आपको ढेर सारी बातें बताई हैं।
(उसे अच्छा नहीं लगा है।)

सरिता : वही पूछ रहे थे।

जयसिंह : *(जरा कड़वाहट से)*
बताया हो तो कुबूल क्यों नहीं करतीं?

[सरिता चाय का सामान समेटकर ट्रे उठाकर भीतर चली जाती है।]

जयसिंह : काकासाहब, आपने भी अपना जर्नलिज्म किया। भिड़न्त की। जबरदस्त ब्रिटिश सरकार से दो-दो हाथ किए, जेल भुगती...मुझे बताइए, आपने अपनी सुरक्षा की खातिर बॉडीगार्ड्स तैनात किए थे या बाहर जाते वक्त जिरहबख्तर पहना करते थे? बतलाइए।

काकासाहब : जयसिंह, गड्डमड्ड मत कर भाई। उस जमाने की लड़ाइयाँ और किसम की थीं। दुश्मन पीछे, अँधेरे में घात लगाके नहीं बैठता था। सामने, मैदान में खड़ा था। आज की तुम लोगोंवाली हालत अलग है, और उसमें भी तुम नित नया हमला नए-नए लोगों पे...

जयसिंह : लोगों पे नहीं, प्रवृत्तियों पे।

काकासाहब : लोगों की ही न? कभी गौर से देखोगे भी कि तुम्हारा वार कहाँ हो रहा है? कहाँ जा पहुँचोगे इस रफ्तार से चलोगे तो? और एक आप हैं कि अपनी सुरक्षा की खातिर जरा भी सावधानी बरतने को तैयार नहीं हैं।

जयसिंह : काकासाहब, मौत का क्या भरोसा, वो तो घर के भीतर घुसके भी दबोच सकती है। क्या कर लेते हैं हम उस पल?...एक मिनट...

[कोने में बैठी औरत की ओर ध्यान जाता है जो अभी तक घूँघट काढ़े बैठी है। जयसिंह उसके करीब जाता है। उसकी आहट पाकर औरत तहजीब से बैठ जाती है। घूँघट खींच लेती है।]

जयसिंह : कमला...

कमला : *(धीमी आवाज में)*
मालिक...

जयसिंह : कैसी हो? ठीक हो न?
(उसके सिर हिलाकर 'हाँ' कहने पर)
और चाय पियोगी?
(उसके इशारे से मना करने पर)
कुछ खाओगी?
(उसके मना करने पर)
देखो, इसे अपना ही घर समझना, समझीं? यहाँ तुम्हें जरा भी डर नहीं।

[कमला घूँघट के भीतर सिर हिलाती है।]

काकासाहब : कहाँ की है ये?

जयसिंह : *(सुनते ही चौंककर अपने को समेटते हुए)*
ऐसे ही...उसे एक जगह पहुँचाना है।

(यह भाँपकर कि काकासाहब उसकी स्थिति समझ गए हैं)
कभी-कभार ऐसे काम भी करने पड़ते हैं हमारी लाइन में।

काकासाहब : अगर पूछें कि जनाब कहाँ गए हुए थे तो एतराज तो न होगा?

जयसिंह : *(और भी सिमटकर)*
येई...मध्य प्रदेश की तरफ...

काकासाहब : मध्य प्रदेश सुनते हैं काफी बड़ा राज्य है जयसिंह।

जयसिंह : *(बात बदलकर)*
नहा लूँ...चिपचिपा रहा हूँ। पसीने की परतें चढ़ी हुई हैं बदन पर...अभी हाजिर हुआ...

[ज़ीने की लॉडिंग से सरिता को पुकारकर ऊपर चला जाता है।

सरिता भीतर से आकर ऊपर चली जाती है। काकासाहब विचारों में डूबे हुए हैं। फासले पर कमला। इस हाल में अपनी दीनता के कारण वह एकदम अशोभन दिखाई पड़ रही है। काकासाहब उठकर अपने कमरे में चले जाते हैं। अब कमला जरा घूँघट खोलकर कुछ-कुछ हिम्मत से हॉल का मुआयना करती है। इतने में फोन की घंटी बज उठती है। भयभीत कमला दुबारा घूँघट में छिप जाती है। सिकुड़ी हुई।

कमलाबाई नौकरानी भागी-भागी आती है। अनिच्छापूर्वक फोन का रिसीवर उठाती है।]

कमलाबाई : *(अजीब ढंग से)*
हेलो...

(फोन डिसकनेक्ट हो जाता है।)

बोलने का नईं त कायकू टिरिन-टिरिन करता है?...पाजी मानुस...

(रिसीवर रख देती है। अब उसे कमला दिखाई पड़ती है। उसके करीब पहुँचकर उसका मुआइना करके)

ए तू कौन? इदर कायकू आई?

(कमला को चुप देखकर)

ए तेरेकूच पुचती मय्। सुननेकू नई आता क्या? नाम क्या तेरा?

कमला : *(धीमे-से)*

कमला।

कमलाबाई : *(नफरत से)*

क्या बोली? कमला?...हूँम्! कोन गाव की?...अरे गाव कोन तेरा?

कमला : करीमपुरा।

कमलाबाई : *(बिगड़कर)*

करीमपुरा? किदर हय्?

कमला : लुहारपुरा के वा तरफ...

कमलाबाई : *(न समझकर भी बड़प्पन जताते हुए)*

अच्चा-अच्चा। मालम मेरेकू। अबी इदर से किदर जाने का?

(कमला सिर्फ देखती है।)

अरे, किदर जाने का पूचती मय्।

कमला : *(जरा रुककर)*

कऊँ नाय।

कमलाबाई : कऊँ नाय? किदर तो वी जानेकू होयगा ना तेरेकू?

(कमला के सिर हिलाकर मना करने पर)

त क्या इदरच मरने का?

कमला : *(पहले सिर हिलाकर स्वीकार करती है। फिर)*
हमें खरीदो है ना।

कमलाबाई : *(चकराकर)*
क्या बोलती?

कमला : *(निस्संकोच)*
हमें खरीदो है...विन्नें खरीदो हमें...हाट में...

कमलाबाई : खरीदो? कौन खरीदा तेरेकू?

कमला : वेई...विन्नें...

[कमलाबाई की खोपड़ी में कुछ नहीं घुसता। सरिता नीचे उतरती है।]

सरिता : किसका फोन आया था कमलाबाई?

कमलाबाई : *(अभी तक प्रकृतिस्थ नहीं हो पाई है)*
फून?...होय्-होय्! क्या मालम? बोलाच नईं...

सरिता : यहाँ क्या कर रही हो?...भीतर जाओ किचन में...मटन की तरफ ध्यान दो!

[कमलाबाई कमला नाम की पहेलीनुमा औरत को देखती हुई भीतर चली जाती है। नहाने के बाद कपड़े बदलकर जयसिंह नीचे आता है।]

जयसिंह : इसीलिए इनसान को गन्दा सफर करना चाहिए। तब जाके पता चलता है कि घर की छोटी-मोटी बात भी कितनी आरामदेह होती है। मसलन...कमोड...।
(सरिता का मुँह देखकर)
मजाक नहीं...दुनिया में सबसे बड़ी बादशाहत है वो चीज!
(कमला को देखकर)
ये अभी तक यहीं है?

सरिता : आपने बताया कहाँ कि इसका क्या होना है?

जयसिंह : और होना ही क्या है। फिलहाल यहीं रहेगी।

सरिता : कै रोज?

जयसिंह : कम-से-कम आज तो हई है।

(फिर याद आने पर)

इसके बारे में मैंने तुम्हें कुछ बताया ही नहीं है...वेल! ये वहाँ की है जहाँ मैं गया था। बाकी सब तुम इसकी शक्ल से समझ सकती हो...और वही है वो। कमला, यहाँ कैसा लग रहा है?

कमला : *(घूँघट में से)*

अच्छौ! इत्तौ बड़ो बासा...राजाजी को म्हैल होय जैसो।

जयसिंह : *(सरिता को शरारतन देखकर)*

यहीं रहना चाहोगी?

कमला : *(सिर हिलाकर)*

हओ!

जयसिंह : यहाँ तुम काम नहीं करोगी। सिर्फ खाना खाओगी और बैठी रहोगी। समझ गईं?

कमला : जो हुकुम मालिक। पे थोड़ो-भौत काम त करूँगीयई।

जयसिंह : *(सरिता से)*

देखा सरिता, थोड़ा-बहुत करेगी ही। ये सताए हुए लोग मौका मिलते ही कैसे खुश हो लेते हैं। कष्ट की आदत करनी होती है, सुख बिना आदत मिल जाता है। कमला, तुम अब भीतर जाओ!

[कमला और भी घूँघट खींचकर पोटली उठाकर भीतर चली जाती है।]

सरिता : भोली-भाली है बेचारी।

जयसिंह : इस पल तो है। वैसे ये लोग बहुत होशियार होते हैं। मौका मिलने की देर...

(अचानक रुक जाता है। कुछ और बताना चाहता है पर चुप रह जाता है। फिर जब रहा नहीं जाता तब)
जानती हो ये हमें कहाँ मिली?

सरिता : कहाँ?

जयसिंह : *(कहूँ-न-कहूँ भाव से)*
कहाँ मिली होगी?

सरिता : मैं क्या जानूँ!

जयसिंह : दैट्स इट।
(निर्णय कर लेता है कि नहीं बताना है इसलिए चुप हो जाता है।)

सरिता : कहाँ मिली? बताइए न आप ही।

जयसिंह : अपने पास तक ही रक्खोगी? किसी को पता न चल पाए। किसी को भी।

सरिता : जी!

जयसिंह : उसे मैंने मध्य प्रदेश के लुहारपुरा की हाट में खरीदा है।

सरिता : जी?
(समझ नहीं पाई है)
खरीदा है?

जयसिंह : येस! ढाई सौ रुपए में। एक बैल की खातिर इससे भी ज्यादा रुपया खर्च करना पड़ता है।

[सरिता अवसन्न!]

जयसिंह : *(उसे अवसन्न देखकर उत्साहपूर्वक)*
चम्बल के उस तरफ लुहारपुरा में इनसानों की हाट लगती है...इनसानों की हाट! छोटी-बड़ी उमर की औरतों की वहाँ खुलेआम नीलामी बोली बोली जाती है। लोग दूर-दूर से बोली बोलने आते हैं।

सरिता : औरतों का नीलाम?

जयसिंह : औरतों का नीलाम! विश्वास नहीं होता न? बोली बोलनेवाले ग्राहक औरत को टटोल-मसलकर अन्दाजते हैं...कसवाँ है या थुलथुल? जवान है या उतरी हुई? अच्छी-भली है...या रुगियल?...छातियाँ मजबूत हैं? कमर में कस है? जाँघों में...

सरिता : बस...

जयसिंह : तुम्हें तकलीफ होती है न? मगर इस कमला के लिए ग्राहक नहीं मिल रहा था। मुंडी नीची करके एक कोने में बैठी हुई थी। मैंने कहा, चलो, हमीं इसे खरीदेंगे। आई बॉट हर, डर्ट चीप!

सरिता : *(नापसन्दगी दिखाकर)*
आप वहाँ क्यों गए थे?

जयसिंह : साबित करने कि इस किसम की हाट इस देश में आज भी लगती है...
(सरिता की सिहरन देखकर इंज्वाय करते हुए)
तुम-जैसे कइयों को पता तक नहीं कि ऐसा भी होता है। पुलिसवालों को यह सत्य मालूम है मगर मंजूर करने को तैयार नहीं। वो लोग कहते हैं कि ये पत्रकार सनसनी पैदा करने की खातिर ऊटपटाँग बका करते हैं। और सरकार हमारी क्या कहने, वो एकदम पवित्र। वो कहती है, शान्तम् पापम्! इन अखबारवालों को फ्रीडम ऑफ स्पीच का गैर-इस्तेमाल करने की बड़ी बुरी आदत पड़ गई है!

सरिता : मुझे आपका ये काम बिलकुल अच्छा नहीं लगा है।

जयसिंह : मुझे भी कहाँ अच्छा लगा है। मगर किसी को तो ये करना ही था।

सरिता : आप ही क्यों करें?

जयसिंह : इसलिए कि मैंने इस चीज के बारे में सबसे पहले लिखा था। और जब लिखा था तब मुझे भी पक्की-पूरी जानकारी

नहीं थी। पर गन्ध मिली थी। पुलिसवाले हमेशा की तरह हाथ झाड़कर खड़े थे। होम मिनिस्टर ने कान पर हाथ धर लिये थे। बल्कि अभियोग लगाया था कि अखबारवाले झूठ बोलते हैं। तब जरूरी था इस जिम्मेदारी को निभाना कि मय सबूत के भंडाफोड़ किया जाए और दिखा दिया जाए कि पाप की गठरी का मालिक कौन है। ये काम दूसरा कौन करता?

सरिता : फिर भी एक औरत को खरीदकर लाना...

जयसिंह : सबूत पेश न करता मैं?...जान हथेली पर रखकर मैंने मांस की हाट ढूँढ़ निकाली। जानती हो? वहाँ पहुँचनेवाला पहला पत्रकार मैं हूँ।

(मुख पर हर्ष, स्वर में विजय)

आज मैं मय-सबूत के दिखा दूँगा कि इस पाप के लिए सरकार जिम्मेदार है। लेट देम डिनाई इट दिस टाइम! अब पकड़ाई में आए हैं, बास्टड्र्स!

(होश में आकर)

फिलहाल इसे टॉप सीक्रेट मानके रहना। किसी को भनक तक न मिल पाए। अगर जरा भी लीक आउट हो जाएगा तो बहुत बड़ा घपला हो जाएगा।

सरिता : *(गम्भीरता जानकर)*

जी!

जयसिंह : काकासाहब, कमलाबाई और खुद कमला तक को पता न चले, समझ गईं? जैन मेरा जिगरी दोस्त है, मगर मैंने उससे भी पोशीदा रक्खा है।...तुम्हारे लिए है तो मुश्किल, फिर भी तुमसे कुछ नहीं छिपाया है। नाउ फॉर गॉड्स सेक कीप युअर माउथ शट फॉर सम टाइम, विल यू?

सरिता : *(ॲनायड, फिर भी सहकर)*

जी!

जयसिंह : मुझे भरोसा नहीं तुम्हारा...
(अपने स्वर में तीखापन महसूस कर संशोधित करके)
ऐसा नहीं कि तुम जानबूझकर घपला कर दोगी। शाम को मेरे पेपर की तरफ से प्रेस-कॉन्फ्रेंस बुलाई गई है। वहाँ एक मर्तबा सारा कुछ उगल देने के बाद कोई सवाल ही नहीं रह जाएगा। फिर तुम कुछ भी कहती रहना।

सरिता : मान लीजिए, अगर किसी को पहले ही पता चल जाए, तो क्या होगा?

जयसिंह : सब चौपट हो जाएगा। सारा प्लान फिस्स होके रह जाएगा। मैंने बहुत सावधानी से पकाया है मामला, और हमारे सम्पादक ने। हमारे मालिक तक को आहट नहीं मिल पाई है। इन बातों का एक तकनीक होता है। उसे उसी तरह साधना पड़ता है। ऐसे, लुहारपुरा के फ्लेश मार्केट में है क्या? औरतों की बिक्री देश में ऐसे तो कई जगह होती रहती है। शहरों में वेश्याओं के अड्डे क्या ऐसे ही गुलजार रहते हैं? सवाल वो नहीं है। सवाल ये है कि हम लुहारपुरा को कैसे प्रोजेक्ट करते हैं। सवाल तकनीक का है। आर्ट लाइज इन प्रेजेंटिंग द केस, नॉट इन द केस इटसेल्फ! तुम देखना, कैसे हम ये किस्सा ढोल पीट-पीटके सुनाते हैं। देअर विल बी हाई ड्रामा इन टुडेज़ प्रेस-कॉन्फ्रेंस। तहलका मच जाएगा।
(एक्साइट होकर घूमने लगता है।)

[सरिता उसे पल-भर देखती रह जाती है। फिर भीतर चली जाती है। जयसिंह कुछ देर अपने में खोया हुआ है। दरवाजे की घंटी बजती है।

जयसिंह चौंक पड़ता है। होश में आता है। अब उसकी हरकतों में टेन्सनेस, चौकन्नापन।

कमलाबाई अन्दर से आकर दरवाजा खोलने के लिए जाने लगती है।]

जयसिंह : ठहरो कमलाबाई। पहले पूछना कि कौन है, हमसे इजाजत लेना, फिर आने देना।

[कमलाबाई जाती है। लौटती है। जयसिंह टेन्स।]

कमलाबाई : ओ जैन मामा आएला हय्।

जयसिंह : आ गया सूँघता हुआ!
(सोचकर)
आने दो। मगर वो जब तक यहाँ रहेगा तब तक वो औरत यहाँ कदम न रखने पाए। समझ गई?

कमलाबाई : होय्।

जयसिंह : होय् क्या?

कमलाबाई : ओ मामा इदर हय्, तबी उसकू इदर आने देने का नाय्।

[जयसिंह का इशारा पाकर कमलाबाई दरवाजे की ओर जाती है। लौटती है। जैन आता है। पैंतीस साला। कमलाबाई किचन में आती है।]

जैन : *(आते-आते)*
का तूने पहरे बिठा दिये है भइए?

जयसिंह : हाँ।

जैन : जे कौन सा नया लफड़ा है बे? क्या बो रास्ट्रपतीजी वगैरा का आगमन होनेबाला है? एँ? दरवज्जे पेई चैकिंग साली? हमें लगा के तुम्हारी कमलाबाई हमारी नंगा-झोली लेती है का?

जयसिंह : नहीं यार! फालतू में चले आते हैं लोग...इसी से कमलाबाई को कह दिया था कि बगैर इजाजत अन्दर मत आने देना।

जैन : आई सी! अच्छा, टिरिप कैसी रई, बोलो?

जयसिंह : ट्रिप...ठीक ही रही। तुम कैसे यकायक?

जैन : सोचा, सफर करके आ रहा है मेरा यार तो खाली पाकिट तो आएगा नईं। का लाए हो, जेई देखने चले आए।

जयसिंह : लाना क्या यार...कुच्छ नहीं।

जैन : लाए भी होओगे तो कौन बतानेवाले हो तुम! असल में पी.टी.आई. के अइयर के यहाँ हलक गीला करने चले आए थे। सोचा, तुम्हें भी दर्सन देते चलें। तुम तो होगे नईं, सो चलो भाभीजी केई चरन छूते चलें। हाउ इज़ सी?

जयसिंह : शी इज़ ऑल राइट।

(अभी तक टेन्स)

और क्या खबर है?

जैन : अइयर कै रा था, ये जेसिंघा राँची के भोती चक्कर काट रा है। समथिंग फिसी?

जयसिंह : *(अनावश्यक जोर से)*

अपने वाले काम-धन्धे में हर एक को फिशी-ही-फिशी दिखाई पड़ता है।

जैन : आदत के सिकार हैं...और का! अच्छा, अइयर के घर पै टाइम्स का पदमनाभ आया हुआ था। बो सामबाली प्रेस कानफ्रेंस का जिकर कर रा था।

जयसिंह : *(सीक्रेटिव होते हुए)*

क्या कह रहा था?

जैन : निपट गेसवर्क यार! के रा था, तुम्हारे एडिटर पे बो कन्टेम्प्ट का केस चालू हो गया है, उसी के बारे में कुछ होयगा।

जयसिंह : *(राहत पाकर)*

आई सी!

जैन : पे अइयर बोला के देअर मस्ट बी समथिंग मोर टु इट! जैसे, तुम्हारे बॉस के नए होटल-प्रोजेक्ट का होयगा।

(जयसिंह को चुप देखकर)
साले हो, हम बोले, पते की बात अपनी जानते हैं।
(एकदम चुप होकर सस्पेंस पैदा कर देता है।)

जयसिंह : *(टेन्स। चुप न रह पाकर)*
क्या जानते हो?

जैन : जानते का हैं। अपन तो जरा इसक्रू ढीला करने को उँगली हिलाई, बस्स!
(यकायक भीतर जाने लगता है।)

जयसिंह : *(फौरन)*
जैन! कहाँ चले यार?

जैन : क्यों?

जयसिंह : नहीं...एकदम उठे और चल दिये इसलिए...

जैन : *(प्राइवेटली)*
अइयर के याँ बीअर का भोग पाया था...और बीअर का भुगतान तुम जानतेई हो...ज्यादा देर रोक नईं सकते। का समझे?
(जाने लगता है)
हाँ...

जयसिंह : यार वो उधरवाला टॉयलेट काम नहीं दे रहा है। तुम इधरवाले गेस्टरूम का टॉयलेट इस्तेमाल करो।
(उसे गेस्टरूम की तरफ मोड़ता है।)

जैन : ग्लेडली! अपना का, टायलेट होने से मतलब...
(जाता है।)

[जयसिंह वहीं खड़ा है। सरिता आती है।]

सरिता : जैन साहब आए हैं?

जयसिंह : हाँ। उसे लंच के लिए मत रोकना। वो जा रहा है, जाने दो।

[सरिता कुछ कहती नहीं लेकिन यह सब उसे अजीब मालूम पड़ रहा है।]

जयसिंह : उसपे ध्यान रखना। यहाँ न आने पाए वो। शी मस्ट स्टे इनसाइड...

[जैन आता है।]

जैन : हाऽय भाभीजी!...इसके लिए अमरीकी हाय, आपके लिए हिन्दुस्तानी! देस भर के सोसन के खिलाफ संघर्स करनेवाला ये जैसिंह, आपका सोसन करता है। एकी साथ घुड़सवारी और तीरन्दाजी करनेवाली मराठा सरदार की कन्निया को इस जालिम ने घुँघटेवाली घरेलू औरत बना दिया! हाय-हाय!

(जयसिंह से नाटकीयता सहित)

सेम आन यू! ये इस्क्रूप अपन उछालकेई रहेंगे किसी दिन! हीरो ऑफ एन्टी-एक्सप्लायटेसन केम्पेन्स मेक्स ए बांडेड लेबर ऑफ हिज वाइफ़!

(कलाई की घड़ी देखकर)

ओ गॉड, इट्स आलरेडी टू।

(जयसिंह से)

बाई...

(सरिता से)

बाई...लवली बांडेड लेबर...

(याद आते ही जयसिंह से)

सी यू इन द इवनिंग...प्रेस-कानफ्रेंस में...

(चला जाता है।)

[जयसिंह राहत की साँस लेता है। यद्यपि उसका तनाव अभी खत्म नहीं हुआ है।]

सरिता : खाना तैयार था, वो खाके ही जाते।

जयसिंह : *(सन्तुलन खोकर)*
आर यू ए फूल?
(सँभलकर)
सॉरी।

[अजीब निस्तब्धता।]

जयसिंह : *(कोशिश करके)*
वो क्या कर रही है? कमला...

सरिता : फिलहाल कमलाबाई के कमरे में बैठाया है। नहलाने का इन्तजाम कराते हैं।

जयसिंह : *(जोर से)*
नो।

[सरिता अजीब फील करती है।]

जयसिंह : आई मीन, रात को या कल सुबह नहा लेगी। ये लोग कहाँ रोज-रोज नहाते हैं। अकालवाला इलाका है वो, पानी कहाँ रक्खा? उलटे नहाने के बाद वो शायद गन्दा महसूस करे...देखो, बगैर मुझसे पूछे उसके बारे में कुछ मत करना...प्लीज...फॉर गॉड्स सेक।

सरिता : *(आश्चर्य से परन्तु आज्ञाकारी सुर में)*
नहीं करूँगी।

जयसिंह : ये प्रेस-कॉन्फ्रेंस एक बार हो ले...

सरिता : *(विषय बदलते हुए)*
खाना लगाऊँ?...तैयार है।

जयसिंह : ओ येस।

सरिता : काकासाहब को बुलाइए।

जयसिंह : मैंने उन्हें बताया है कि इसे एक जगह पहुँचा देना है...तुम भी यही कहना।

(सरिता को देखकर)
मैं कमला की बाबत कह रहा हूँ।

[सरिता को खटक रहा है, पर वह कुछ नहीं कहती। जयसिंह गेस्टरूम की ओर जाता है।]

जयसिंह : *(गेस्टरूम का दरवाजा खटखटाकर)*
काकासाहब, भोजन तैयार है, आइए...

[धीरे-धीरे अँधेरा होता है।]

[वही जगह। दोपहर।

अपने विचारों में डूबा हुआ जयसिंह चहलकदमी कर रहा है। सोफे पर बैठे काकासाहब उसे देख रहे हैं। जयसिंह फोन करता है। नम्बर घुमाकर पूछता है : 'एवरीथिंग परफेक्ट?' उत्तर पाकर रिसीवर रख देता है। फिर वही चहलकदमी। काकासाहब शान्ति से गेस्टरूम में चले जाते हैं।

जयसिंह उन्हें जाते हुए देखता है, शून्य भाव से।]

जयसिंह : *(कलाईवाली घड़ी में देखकर)*
सरिता...सरिता!

[सरिता आती है।]

जयसिंह : वो क्या कर रही है?
सरिता : उसकी तबीयत ठीक नहीं। सो रही है।
जयसिंह : उठाओ उसे।
सरिता : अभी-अभी सोयी है।
जयसिंह : तो क्या हुआ। उठाओ और यहाँ भेज दो। मुझे उससे बात करनी है।

(सरिता को ऐसे ही खड़े देखकर)
मैंने क्या कहा? सुन लेती हो न?

[सरिता भीतर जाती है। फोन बजता है। जयसिंह रिसीवर उठाता है।]

फोन : *(पंजाबी में)*
कौन? जयसिंह? मैं हरबंस बोल रहा हूँ। शामवाली प्रेस कॉन्फ्रेंस होगी न? इज इट ए सरटेन्टी?

जयसिंह : *(एकदम एक्साइट होकर)*
व्हॉट डू यू मीन बाई?
(पंजाबी में)
प्रेस-कॉन्फ्रेंस होगी न? क्यों नहीं होगी?
(पंजाबी में)
यार, मैंने फकत इन्क्वायरी की।

जयसिंह : कौन कहता है कि नहीं होगी।
(पंजाबी में)
किसने कहा?

फोन : *(पंजाबी में)*
कहता कौन? मैंने सिर्फ पूछा।

जयसिंह : *(पंजाबी में)*
सच बोल हरबंस...डिड एनिवन से इट?
(हिन्दी में)
क्या ऐसी अफवाह है?

फोन : नहीं यार।
(पंजाबी में)
मैंने तो ऐसे ही पूछा। रब की सौंह। होगी न प्रेस-कॉन्फ्रेंस? तब ठीक! अच्छा जय, बाई।

[फोन बन्द हो जाता है। जयसिंह अपसेट। कमला पीछे आकर खड़ी है, अदब से। मुँह पर घूँघट। जयसिंह को भान नहीं।]

जयसिंह : *(फोन रखते हुए)*
ब्लडी र्‍यूमर मॉङ्गर्स।...

[कमला धीमे-से खाँसती है।]

जयसिंह : कौन? कमला? इधर आओ...आओ।
(कमला के धीरे-धीरे चलकर उसके करीब पहुँचने पर)
बैठो!
(उसके खड़े ही रहने पर)
कहा न, बैठो!

[कमला अदब से जमीन पर बैठ जाती है।]

जयसिंह : यहाँ कैसा लगता है कमला?
कमला : भौती अच्छौ मालिक।
जयसिंह : कमला, शाम को हम लोगों को बाहर जाना है।
कमला : बम्बई? भौती बड़ौ सहर है ना मालिक?
जयसिंह : बम्बई नहीं, देहली...हमें जहाँ जाना है वहाँ बहुत बड़ा तेवहार मनाया जानेवाला है।
कमला : किसनजी को मन्दर है?
जयसिंह : नहीं।
कमला : रामजी को है?
जयसिंह : नहीं। मगर वो ऐसी शानदार जगह है कि वहाँ रोज तेवहार मनाए जाते हैं। बड़े-बड़े लोग आएँगे। खाना-पीना होगा।
कमला : त आपी जाओ मालिक, हम वाँ का करहैं?
जयसिंह : वो लोग तुमसे मिलना चाहेंगे।
कमला : ओ दइया। हमाई जे सूरत...कपड़ा-लत्ता सोई गन्दो-सन्दो...मैं नाय जाऊँ मालिक।

जयसिंह : तुम्हारे लिए ही तो तेवहार मनाया जा रहा है।

कमला : आपई जाओ मालिक, आप बड्डे लोग...

जयसिंह : हम दोनों को जाना पड़ेगा कमला। अगर हम अकेले जाएँगे तो सब लोग नाराज होंगे। पूछेंगे, कमला कहाँ है?

कमला : त कै देना, सफर से आई है, बीमार है। सच्ची, ऐसई कै देना।

जयसिंह : *(क्रमश: सख्त होकर)*
तुमको चलना पड़ेगा कमला।

कमला : हम आपके पाँव की पन्हैया मालिक, पै आज नईं... कल्ल, चायँ परसों जब नीके हो जायँ त कओ भलेई चले जायँ।

जयसिंह : तो हम भी नहीं जाएँगे।

कमला : आपकों त जानई पड़े है मालिक...कमला के लानैं ऐसी नाय कैना।

जयसिंह : हमने कह रक्खा है कि कमला को लेके आएँगे। अब अगर तुम नहीं चलोगी तो हम सबके सामने झूठे कहलाएँगे? इससे अच्छा यही कि हम भी न जाएँ।

कमला : *(जरा रुककर)*
त आँगे कभूँ चल हैं...हओ!

जयसिंह : *(रुककर)*
कमला, तू हमारा हुकुम नहीं मानती?

कमला : काये नईं मानती। आप हमार मालिक...

जयसिंह : हमारा हुकुम है। तुम्हें हमारे साथ चलना पड़ेगा...

कमला : *(जरा समय लेकर)*
ऐसो है का?

जयसिंह : वहाँ हमारा शानदार स्वागत होगा। लोग तालियाँ बजाएँगे, तुम्हें बधाई देंगे। तुम्हारे लिए वहाँ एक खास कुर्सी होगी। तुम उस पर तशरीफ रक्खोगी।

कमला : हम कुर्सी-उर्सी पे नाय बैठ हैं, हाँ। अपन त नीचेई भले।

जयसिंह : तो लोग हँसेंगे। वहाँ कोई नीचे नहीं बैठता। सब कुर्सी पर बैठते हैं।

कमला : मालिक, आप हमायई नँजीक बैठ हो?...हमैं इकेले मैं डर लग है।

जयसिंह : हम तुम्हारे नजदीक रहेंगे।...लोग तुमसे बातें करेंगे।

कमला : हाय मइया, हमसैं? हम त बोलबई नाय जानैं। इतेक मरदन के आँगे हम कुपढ्ढिन का कै सकत?

जयसिंह : जो पूछें, उसका जवाब देना, बस।

कमला : का पूछहैं बे?

जयसिंह : तुम्हारे बारे में पूछेंगे। जैसे ये, कि तुम्हारा मुलुक कौन है, घर पे कौन-कौन है, घर में क्या काम करती थीं, क्या खाती थीं...

कमला : सब्ब बतानै पड़त?

जयसिंह : हाँ।

कमला : हम चायँ अपने घर में भूखे-नंगे रयँ त का सब जनन कौं बताने पड़त है का?

जयसिंह : भले आदमी पूछें तो बताना चाहिए।

कमला : हमाई मद्दत करियो मालिक आप।

जयसिंह : जरूर करेंगे।

कमला : त चले चलहैं हम। पै जे कपड़ा त देखो, कैसो घिनाय रओ। फट सोई गऔ। इत्ते लोगन में...

जयसिंह : *(जल्दी-जल्दी)*

डोंट वरी कमला...फिकर मत करना। सब ठीक हो जाएगा...अच्छा, अब तुम भीतर जाओ। बुलाएँ, तब आना।

कमला : *(उठकर)*

हऔ!

(जाती है।)

[जयसिंह अभी भी एक्साइटेड है। घूम रहा है। कलाईवाली घड़ी देखता है। फोन के करीब जाकर एक नम्बर घुमाता है।

काकासाहब गेस्टरूम के बाहर आकर उसे देख रहे हैं।]

जयसिंह : *(फोन पर)*
मैं जयसिंह। सब ठीक? बहुत अच्छे। एवरीथिंग इज़ फाइन हिअर...।
(पंजाबी में)
बन्नी के फेरे होने बाकी हैं।
(हँसता है)
करेक्ट फाइव थर्टी...आन द डॉट...कीप फोटोवालाज़ रेडी...ओ.के.? बाई...
(रिसीवर रख देता है।)

[सरिता आती है। उसने काकासाहब को नहीं देखा है।]

सरिता : उसे लेके जा रहे हैं?
जयसिंह : हाँ। अभी देर है। क्यों? क्या हुआ?
सरिता : वो मुझसे एकाध साड़ी माँग रही है।
जयसिंह : *(परेशानी से)*
कमला?...बिलकुल मत देना। कुछ भी मत देना उसे।

[सरिता उसके फोर्स से दब जाती है।]

जयसिंह : मुझसे पूछे बगैर कुछ मत देना, आई टेल यू।

सरिता : मैं पूछने ही आई थी।

जयसिंह : मैं बता तो रहा हूँ। जो पहने है वही पहनके जाना होगा उसे कॉन्फ्रेंस में।

सरिता : उसकी साड़ी फट रही है...औरत है।

जयसिंह : *(आवाज ऊँची करके)*
आई नो, आई नो। मुझे बताने की गरज नहीं। अंडरस्टैंड? मैं सब समझता हूँ। मैं चाहता हूँ, वो वहाँ वैसी ही दिखाई दे, जैसी कि है। वही असली बात है।

सरिता : जी।
(जाती है।)

जयसिंह : सरिता...सरिता...
(सरिता के लौट आने पर)
आयम् सॉरी। मैं आज कुछ ज्यादा ही टेन्स हूँ। ये प्रेस-कॉन्फ्रेंस एक बार निबट जाए...

सरिता : मैं जाऊँ?

जयसिंह : हाँ! सुनो। चाय बनाओ फर्स्ट क्लास। वो अदरक वगैरा डालके बनाती हो न, वही।

[सरिता भीतर जाती है। काकासाहब जरा आगे आते हैं।]

काकासाहब : सरिता, हमारे लिए भी।
(जयसिंह से)
कहाँ तक पहुँची है तुम्हारी साजिश?

जयसिंह : साजिश?

काकासाहब : हाँ, तुम्हारे रक्त-व्यवसाय की साजिश।

जयसिंह : *(जोर की मगर खोखली हँसी के बाद)*
जारी है। जारी है।

काकासाहब : हमारी वजह से अड़चन पैदा हो तो बता देना। संकोच मत करना।

जयसिंह : बता दूँगा। जरूर बता दूँगा।

काकासाहब : अभी वहाँ तुम्हारे पेपर के पुराने अंक देख रहे थे हम। एक खयाल आया दिमाग में। कहो तो बताएँ।

जयसिंह : अवश्य बताइए।

काकासाहब : हमारेवाले इलाके की तुम्हें ज्यादा जानकारी न होगी। हो भी कैसे? क्योंकि वहाँ ऐसी कोई बड़ी घपलेबाजी तो होती नहीं कि तुम विजिट करो। ऐसे, हमारे इलाके में भी अच्छी-खासी घपलेबाजी चलती रहती है। अव्वल तो इलाका अकालवाला, सो खाऊगीरी का बाजार गर्म। अलावा, मटका, जुआ, चोरी से शराब चुआना, कुटनियों के चकले, घूसखोरी, कभी-कभार खून-कत्ल और बलात्कार भी हुए हैं। अगर घटनाओं की तह में प्रतिष्ठित लोग होते हैं तो मुँहभराई करके दबा-दबू देते हैं। हरिजन भी काफी तादाद में बसे हुए हैं, इसलिए जब-तब उनके साथ अन्याय-अत्याचार भी चलता ही रहता है। और बतौर तुर्रे के, राजनीतिक टंटा-बखेड़ा भी।...तो हमारे दिमाग में यह खयाल आया कि मान लो, अगर हम अपना लँगोटीनुमा अखबार तुम्हारे तरीके से चलाने का इरादा करें...

जयसिंह : आप? और हमारे तरीके से?...काकासाहब, क्या होगा आपकी साधनों की पवित्रता का?

काकासाहब : अरे, उसे कबके दफना चुके। क्या दिलवाया उसने तीस-पैंतीस सालों में?...तो हम कह रहे थे, कि...हाँ, हम आखिर मालिक हैं...घाटे में चलनेवाले बालिश्त-भर के पेपर के ही सही, मगर मालिक हैं...अब हमने तय किया है कि हम अपने यहाँ तुम्हारे जैसे चलता-पुरजा किसम के दो जवान छोकरों को काम पर रक्खेंगे...तुम्हारे इतने तेज-तर्रार नहीं मिलेंगे, मगर हमारे इलाके में चल जाएँगे।

जयसिंह : *(मौज में आकर)*

अच्छा, फिर...

काकासाहब : भाग-दौड़ तकनीक, जासूसी वगैरा उपायों की मदद से वे इलाके के कोने-कोने से रोज नया-नया मसाला लाया करेंगे। हम उसमें मिर्च-मसाला डालकर छापेंगे। रोज नई सनसनी, नया विस्फोट, फरियादें...धमकियाँ... खुलासा...खुलासे का खुलासा...इनका...उनका...बढ़ता हुआ सेल...विज्ञापनों की बाढ़...चढ़ती हुई आमदनी... और नोटों के बंडल हाथ में लिये, दरवाजे पर खड़े, दलदल में फँसे हुए लाखों के असामी...हमारे खयाल में चार-पाँच बरसों में हमारी कोठी बनी जाएगी...है न?

जयसिंह : *(व्यंग्यपूर्वक)*

कोठी की खातिर ये सब?

काकासाहब : हाँ...कौन हमें तुम्हारे मालिक की तरह हर महानगर में गगनचुम्बी इमारत बनानी है या दो-तीन पत्र निकालने हैं।...छोटे आदमी की छोटी भूख...दस-ग्यारह बरसों में अच्छी-खासी जायदाद बन जाए तो अपने पश्चात् बीवी-बच्चे तो आराम से बैठके खाएँगे-ही-खाएँगे...

(जयसिंह को चुप देखकर जरा देर बाद)

कैसा खयाल है?

जयसिंह : *(कटुता से)*

आपके कहने का मतलब यही न कि पेट की खातिर जर्नलिज्म का ये नया तरीका है...जो हम लोगों ने अपनाया है...

काकासाहब : ऐसा तरीका जो अगर जम जाए तो धड़ल्ले से चल निकले। जोखिम जरूर है, लेकिन आय भी उतनी ही तगड़ी। मसलन, पाँच बरस पहले करोलबाग के एक आउट-हाउस में गिरस्थी सजानेवाले जयसिंह जाधव

आज नीतिबाग की इस कोठी के...भले ही छोटी-सी हो...मालिक हैं। नौकर-चाकर हैं, मोटर है। हवाई जहाज में उड़ते हैं। फाइव स्टार होटलों में रैन-बसेरा करते हैं। एम्बेसियों से जनाब को पार्टी के निमंत्रण आते हैं। चीफ मिनिस्टरों से लेकर सीधे प्राइम मिनिस्टर तक आपका रुसूख है। क्या बुरा है साब? तात्पर्य, ये खेल खेलने काबिल है...शर्त यह है कि जिससे खेलते बने, उसी को खेलना चाहिए...।

जयसिंह : खेल?

काकासाहब : मुश्किल जरूर है, शेर की सवारी इतना...आसान नहीं है...

जयसिंह : यह खेल नहीं है काकासाहब, और जैसा आपने कहा, उन बातों को हासिल करने की खातिर मैं खेलता भी नहीं हूँ।

काकासाहब : सच कहते हो?...तो बताओ, तुम जो ये जान हथेली पै रखके घूमते हो, उसका क्या मकसद है?

जयसिंह : *(आवेश सहित)*

उसकी तह में एक कमिटमेंट है। सोशल परपज है—आप उसे मानें, न मानें। जो मैं करता हूँ, हम कर रहे हैं, आज गरज है कि उसे कोई करे। जरूरत है आज ऐसों की जो देश के टोटल रॉट में खड़े होकर भी मॉरल प्रिंसिपल्स, मॉरल नार्म्स, मॉरल वैल्यूज को अपहोल्ड करे। किसी-न-किसी को चाहिए कि उनके स्टीम रोलर की चाल रोक दे जिनके हाथों में पावर की मशीनरी है। आज गरज है ऐसी आवाज की जो समाज के वीक और बैकवर्ड सेक्शन्स पर लगातार होनेवाले अटैक्स के खिलाफ नक्कारा बने। आज देश का कॉमन मैन एक...एक किसम के नशे में जी रहा है, उसे बार-बार धक्का देकर जगाने, असली

रियलिटी समझाने, उसे पूरी तरह अवेयर कराने, एक सोशल और पॉलिटिकल चेंज के स्ट्रगल के लिए उसे प्रिपेअर करनेवाली ताकत की जरूरत है...

काकासाहब : और वही तुम कर रहे हो...यानी तुम लोग कर रहे हो...

जयसिंह : येस! हमीं कर रहे हैं...

काकासाहब : अँगरेजी में।

जयसिंह : जी, क्या कहा?

काकासाहब : मैंने कहा कि तुम यह काम अँगरेजी में कर रहे हो?

जयसिंह : सो? व्हॉट्स रांग इन इट? कोई आपत्ति है?

काकासाहब : आपत्ति किस बात की? मगर जो अँगरेजी जानने का सौभाग्य रखते हैं, देश के उन्हीं इने-गिने कॉमन लोगों की खातिर होगा न यह काम! और यही सौभाग्यशाली लोग इस देश में सामाजिक और राजनीतिक परिवर्तन करेंगे। है न? बकिया सब बेचारे अपने नशे में जिया करेंगे क्योंकि वो अँगरेजी जानते नहीं, इसलिए तुम्हारा लिखा पढ़ नहीं सकते।

जयसिंह : काकासाहब, साफ-साफ बात कहिए।

काकासाहब : कहूँ?...अगर तुम्हारे इस नये जर्नलिज्म का उद्‌देश्य रुपया कमाना नहीं है तो वह...

(जोर देकर)

'वन्ध्या-सम्भोग' है। तुम शायद इस हिन्दी शब्द को मुश्किल समझो, इसलिए बता दूँ कि उससे कुछ... यानी कुछ भी हासिल होनेवाला नहीं है। भाई मेरे, पहले आम आदमी की भाषा में बोलो, लिखो, फिर चाहे उसे जगाओ...

[सरिता चाय की ट्रे लेकर आती है। जयसिंह का टेंशन भाँप लेती है। जयसिंह टेंशन में ही चाय पीता है।]

सरिता : *(काकासाहब को चाय बनाकर देते हुए)*
क्या हुआ? बहस हो रही है शायद...

काकासाहब : *(दीन भाव से)*
छी-छी! हम भला क्या बहस करेंगे, यही आज सुबह से अपसेट नजर आ रहे हैं।

[सब लोग चाय पीते हैं। जयसिंह अभी भी टेन्स है। सरिता देखने का काम कर रही है।]

काकासाहब : ओ भाई जयसिंह, क्या टेन्स हुए बैठे हो। देखो, इस हमारी बेटी को तुमने फिक्र में डाल दिया है, बेकार में...
(जयसिंह को उसी स्थिति में देखकर)
हम तशरीफ ले जाएँ? तब तो अच्छा लगेगा? अपना क्या है, ये चले...
(जयसिंह को उसी स्थिति में चाय पीते देखकर)
अच्छा भाई, माफी माँगते हैं, खुश? अरे, हम ठहरे मँजे हुए पत्रकार, चाहे जितनी बार माफी मँगवा लो, एकदम बिला शर्त, पूरी और पुख्ता माफी!
(जयसिंह को जरा रिलैक्स्ड देखकर सरिता से)
अब देखिए, कैसे खिल रहे हैं। खिल रहे हैं न? पूरी और पुख्ता माफी सुनकर खिल रहे हैं...हाँ...

[कमलाबाई आती है।]

सरिता : *(ध्यान जाते ही)*
क्यों कमलाबाई?

कमलाबाई : *(इशारों सहित।)*
इधर आओ आप...इधर...

सरिता : *(उठकर उसके करीब जाकर)*
क्या है?

कमलाबाई : आप लाया ना ओ?...उदर, घर के अन्दर...

सरिता : क्या?

कमलाबाई : ओच्! साब सुबू लाया ओ...

सरिता : क्या हुआ?

कमलाबाई : म्येरे से पूचती, तुमारेकू मजूरी पै रक्खा के खरीद के लाया। इत्तच नईं...पुचा, कित्ता मजूरी देता? काम क्या करती? म्येरे से पूचती...मैं बोल्या, तु कोन र पुचनेवाली निसपिट्टर? त मालम? बोलती, नोकर आदमी, उल्ट के ज्वाव नईं देने का। रोटी खाया त इमान दिखाने का...म्येरे कू बोलती! मय् बोलती, ओ इदर रेती त मय् जाती... अव्वी का अव्वी...म्येरेक नईं रेने का...मेरा टिकीट लाके देव...

सरिता : *(समझाते हुए)*
धीरे कमलाबाई, धीरे...मैं देखती हूँ। तुम जाओ, काम शुरू करो...मैं आती हूँ।

[कमलाबाई भीतर जाती है।]

काकासाहब : क्या हो गया इस कमलाबाई को? इसपे कौन-सा भौंरा मँडरा रहा है?

सरिता : *(जयसिंह के सामने बात टालकर)*
कुछ नहीं, मामूली भुनभुन है।

काकासाहब : अच्छा! लगता है, तुम लोगों की सीक्रेट गुफ्तगू फिर चालू हो गई।
(उठकर)
अच्छा भाई, हमें छुट्टी दो।

सरिता : ये क्या काकासाहब...

काकासाहब : नहीं-नहीं, तुम लोग खुलकर बातें करो...
(गेस्टरूम में चले जाते हैं।)

जयसिंह : कमलाबाई से कह दो कि वो कल यहाँ नहीं होगी।

सरिता : कहाँ जाएगी?

जयसिंह : उसका इन्तजाम पहले से एक अनाथ महिलाश्रम में कर दिया गया है। कल वहाँ उठ जाएगी।

सरिता : अनाथ महिलाश्रम में?

जयसिंह : वो भी इतना आसान नहीं है। पुलिस उसका कब्जा लेने की जरूर कोशिश करेगी। मगर हम उनकी दाल न गलने देंगे। हमारा वकील भी तैयार है।

सरिता : पुलिस का उससे क्या वास्ता?

जयसिंह : नासमझ न बनो। जैसे आदमी बेचना अपराध है, वैसे ही इंडियन पीनल कोड के मुताबिक आदमी खरीदना भी अपराध है। इस बात को लेकर मुझ पर मुकदमा चलाया जा सकता है और सजा भी दी जा सकती है।

सरिता : ये क्या आफत मोल ले ली आपने बैठे-ठाले? क्या जरूरत थी?

जयसिंह : क्योंकि तब कोई भी इस मामले को गम्भीरता से न लेता।

सरिता : और सज़ा हो जाए तो?

जयसिंह : हो ही जाए! मेरा एडीटर डायरेक्ट सुप्रीम कोर्ट में भिड़ने को तैयार है। उसी बहाने इस मसले को पब्लिसिटी मिलेगी। और सज़ा भी ज्यादातर होनेवाली नहीं है, क्योंकि हमने अपनी साइड कानूनन मजबूत कर ली है। बहुत सोच-विचार करके कदम उठाया है।

सरिता : उसका सोच-विचार किया?

जयसिंह : किसका? कमला का? उसका विचार क्या करना? जो रोटी को तरसती है, उसके लिए अनाथाश्रम स्वर्ग से भी बढ़कर होगा। बगैर मेहनत-मशक्कत किए दोनों जून खाएगी, सिर पर छप्पर होगा, पक्का। शी विल बी मोर

देन हैपी! आदिवासियों की मारपीट हुई थी एक बार। कुछ औरतों को सज़ा मिली। जेल गईं। जेल में मैंने उनका इंटरव्यू लिया था। खुश थीं वहाँ। बोलीं, यहाँ कैसा अच्छा है, कुछ ऐसा कीजिए साहब, कि हमें हमेशा के लिए यहाँ रहना नसीब हो...

सरिता : उसे एकदम अनाथाश्रम की राह दिखाना मुझे अच्छा नहीं लग रहा है, सच!

जयसिंह : डोंट बी सेंटीमेंटल सरिता। उसकी निगाह से देखो। उसे नहीं बुरा लगनेवाला...शी मस्ट गो देअर टुमॉरो। आज की प्रेस-कॉन्फ्रेंस खतम होते ही उसका यहाँ क्या काम? उसका हमने पूरा इन्तजाम किया है...और अच्छा ही किया है।

(घड़ी देखकर)

सो? अब चलना चाहिए। उसे भेज दो।

(ऊपर जाता है)

[सरिता भीतर जाती है। कमला को लेकर आती है। जयसिंह आता है।]

जयसिंह : चलो कमला।

[काकासाहब गेस्टरूम के बाहर आकर देख रहे हैं। कमला घूँघट डाले हुए है। जयसिंह के पीछे चली जाती है। सरिता और काकासाहब बुत की तरह खड़े हैं।

फोन की घंटी बज उठती है।]

[परदा]

दूसरा अंक

[रात।

वही ड्रॉइंगरूम।

घंटी बजती है। सरिता दरवाजा खोलती है। जयसिंह और जैन आते हैं। उनके पीछे-पीछे कमला आती है। सीधे भीतर चली जाती है। सबसे बाद में सरिता आती है। जयसिंह और जैन काफी पिये हुए हैं और मौज में हैं। जयसिंह अपने से खुश दिखाई पड़ रहा है।]

जैन : तू चुप रह बे! साले, दुपेर में इसी बास्ते हमें भीतरवाले टायलेट में जाने से रोका था तूने। अयँ? भीतरवाला टायलेट काम नईं दे रा है...क्यों बे?

(सरिता से)

ही इज अ फर्स्ट क्लास रास्कल, आई टेल यू भाभीजी। साला, जिगरी दोस्तों से आँख-मिचौली खेलता है? दोस्तों ई से?...मगर इस रास्कल को हमारा सलाम...क्यों के ये महान रास्कल है...टीनपाट रास्कल नईं है। प्रेस-कॉन्फ्रेंस पे छा गया ज्वान! आँखें फाड़े देखते रै गए हमारे प्रेस रिपोर्टर। किस्सी को भनक तक नईं पड़ी और पेस कर दिया इसे पट्ठे ने मादाम कमला को! सनसनीखेज इस्कूप। विद कंकरीट एबिडेन्स। रास्कल द ग्रेट। सलाम! सलाम!!

जयसिंह : जाने भी दे यार...एवरीथिंग इज फेअर इन लव एंड...

जैन : सेन्सेसनल जर्नलिज्म! तू मौज उड़ाएगा भइए, और हमारा एडीटर कली से हमारी पूँछ मरोड़ेगा। कहेगा, लुक वाट जयसिंह हैज़ ब्राट! यू हैव टु बिंरग समथिंग इष्टिल मोर एक्सप्लोजिव, सेन्सेसनल...

[काकासाहब गेस्टरूम में से आते हैं।]

जयसिंह : *(प्रसन्नता से)*
आइए, आइए काकासाहब, तशरीफ रखिए।

काकासाहब : सोने जा रहे थे...बहस जैसी सुनी तो चले आए। प्राइवेट हो, तो जाते हैं।

जयसिंह : अब प्राइवेट नहीं रहा। प्राइवेट खतम! कल के पेपर्स में सब छपके आएगा...अरे, जैन! ये इनके काकासाहब हैं...
(सरिता से)
तुम जरा पानी ले आओगी?
(जैन से)
शिवाजी राव मोहिते...जर्नलिस्ट...अपना पेपर चलाते हैं...काकासाहब, ये जैन...

जैन : *(काकासाहब से)*
ग्लैड टु मीट यू काकासाहब, ग्लैड टु मीट यू...

काकासाहब : हमारे खयाल में हम लोगों का दुबारा परिचय हो रहा है...

जैन : दुबारा? कोई हरज नहीं। होने दीजे।

जयसिंह : ओ सॉरी! परिचय हो चुका है? मेरे ध्यान में ही नहीं रहता...

जैन : याद आया। काकासाहब से तब मुलाकात हुई थी जब वो तुम्हारे आउट हाउसवाले दौलतखाने में तसरीफ लाए थे। एम आई राइट काकासाहब?
(काकासाहब के स्वीकार-संकेत के बाद)

काकासाहब, आपके दामाद ने आज भौती जबरदस्त नौटंकी पेस करी...

जयसिंह : *(साइडबोर्ड की दिशा में जाते-जाते)*

ड्रामा कह...ड्रामा...

जैन : प्रेस-क्लब के डरामों को नौटंकी ई कहते हैं बच्चाराम!

[सरिता पानी-भरा जग लाती है।]

जैन : भाभीजी, इसकी हीरोइन ने तो भगवान कसम, बम्बइया हीरोइनों की छुट्टी कर दी। काँ गई वो? भीतर गई क्या?

(जयसिंह से)

का नमूना लाए यार ढूँढ़के, जवाब नईं!

(सरिता और काकासाहब से)

वो आई...बैठ गई...अरे, इत्तेई में आधी कान्फ्रेंस कबजे में। लगे साब हमारे जातभाई उसपे सवालों की तोपें दागने पे, फोटोबाले एंगल पकड़ने को अलग मरे जा रए हैं, फ्लस पे फ्लस मार रए हैं। इत्ते में एक साब बोले, 'घूँघट हटा लो, फोटो उतारना है।' अड़ गया भाई! एक ने बाँय पकड़के पोज देने की कोसिस करी। हमारे लोगों के लिए जे कोई नई बात नईं है, मगर साब जिन्दगानी में पैली दफ़ा ये तमासा देखनेवाली औरत...हमको तो सच्ची, लगा था के प्रेस-कान्फ्रेंस छोड़के ये भागी, बो भागी...

जयसिंह : *(ड्रिंक्स तैयार करते हुए)*

वही होता...मैं उसके करीब बैठा था और बराबर हिम्मत दिलाए जा रहा था, इसीलिए टिक पाई...

(काकासाहब से)

शौक कीजिएगा, काकासाहब?

(उनके मना करने पर सरिता से)

तुम?

(उसके भी मना करने पर जैन को गिलास थमाता है।)

जैन : *(गिलास स्वीकार करके)*

चिअर्स!...और सबालात? अल्लाह रेएम करे! हमारे कुछ जर्नलिस्ट मित्र इस कदर घोंघा आदमी हैं कि उनकी खोपड़ी में ही नईं घुसता के पूछ किससे रहे हैं, मंत्री से के आदबासी से। एक अकल के मारे ने ऐनक में से घूरकर पूछा, आपके इलाके में कौन से अहम सबाल हैं?

जयसिंह : सवाल नहीं...समस्याएँ...प्रॉब्लम्स! उस औरत से पूछ रहा था वो...प्रॉब्लम्स...

(हँसता है)

जैन : दूजे ने पूछा, आदबासियों के इकनामिक एक्सप्लाइटेसन के बारे में आपकी क्या राय है जी?

[दोनों प्रसन्न हैं, हँस रहे हैं, पी रहे हैं।]

जयसिंह : और वो गुप्ताजी वाला सवाल...

जैन : कौन-सा?

जयसिंह : वोई! एबौ द पावर्टी लेन एंड बिलो द पावर्टी प्लेन...

जैन : *(हँसकर)*

हो हो हो...बो—जवाब नईं।

(हँसते-हँसते)

साला, जैसे दिल्ली स्कूल आफ इकनामिक्स में पढ़के ही चली आ रही होएँ श्रीमती कमलादेवी इनकी कान्फ्रेंस में—देट वाज इस्मेसिंग, आई मस्ट से!

(दोनों हँसते हैं)

जयसिंह : पावर्टी लेन में लगे बगैर चेनी नईं पड़ता गुप्ताजी को।

जैन : परसों कोई बता रहा था के आजकल गुप्ताजी का पता है : पावर्टी लेन, असोका बिहार, सोसलिज्म के ठीक सामने, नई दिल्ली!

जयसिंह : *(पीते हुए)*
दैट्स अ गुड वन!

[सरिता भीतर जाने को होती है।]

जैन : जाती काँ हो भाभीजी, ठैरो। असली बात तो आगे आएगी।

[जयसिंह पीते-पीते सिर हिलाकर स्वीकार करता है।]

जैन : हममें से कुछ घोघा बसन्त हैं तो कुछ सुकरात के समधी भी हैं। ऐसे बिद्दबान के जैसे सामने खड़े आदमी के बाप लगते होंएँ। एक सवाल आया : सुना है, तुम लोगों में फिरी सेक्स चलता है, तो बताओ नाजायज औलाद का का करते हो?

जयसिंह : उनके खयाल में दुनिया भर के आदिवासी चौबीसों घंटे सेक्स में डूबे रहते हैं। नॉनसेन्स!

जैन : तो दूजे के भी खुजली उठी। पूछने लगा, आप भी तो फिरी सेक्स करती होएँगी। आज तलक कित्ते मरदों के संग सेक्स का अनुभौ करा?

सरिता : *(जब्त न कर पाकर)*
शर्म नहीं आती ऐसे सवाल पूछते?

जैन : सरम होय तभी तो आय!

जयसिंह : *(पीते-पीते)*
तुम आगे तो सुनो...

[सरिता उठकर खड़ी हो जाती है। काकासाहब उसे बिठाते हैं।]

जैन : हमारा चाँद बासबानी उठके खड़ा हो गया ज्वान और लगा डाँटके पूछने—

(सिन्धी टोन में)

बड़ी कमला—इसने, माने जैसिंह जाधव ने, तुम्हें कहाँ खरीदा? सच-सच बताना। बजार में खरीदा के घर पे आया था? डरना नईं। भगवान की कसम खाके बोलना—माने बासबानी है तो पत्रकार, मगर पूछता है प्रासिक्यूटर की तराँ।

जयसिंह : एल.एल.बी. है वो, थर्ड क्लास आदमी!

जैन : करतार ने हमेसा की तराँ अपनी तरफ से जोक मारने की कोसिस करी। उसका सवाल—का था यार बो?

जयसिंह : ये नये मालिक के संग...

जैन : हाँ, याद आ गया।

(नकल उतारकर)

तुमने इस नये मालिक के संग थोड़ा-भौत फिरी सेक्स तो करा ई होगा...तो उसके बारे में कुछ हमें बताओ...कुल मिला के बो अनुभो कैसा रहा?

काकासाहब : तो ऐसी होती है आपकी प्रेस-कॉन्फ्रेंस?

जैन : *(पीकर)*

आज की प्रेस-कान्फ्रेंस!

जयसिंह : *(पीकर)*

एक मिनिट। मिसअंडरस्टैंड मत कीजिए काकासाहब। अगर प्रसंग गम्भीर हो तो हमारे पत्रकार अव्वल दर्जे के और नुकीले सवाल भी करते हैं। कई बार तो धाकड़ किसम के राजनीतिज्ञों का हुलिया टाइट कर देते हैं।

जैन : आफकोर्स! मगर आकेजन सीरिअस होना चैए।

काकासाहब : आज का प्रसंग मजाकिया था क्या?

जयसिंह : नॉट दैट। पहला धक्का पचाने के बाद लोग जरा रिलैक्स्ड मूड में...

जैन : जब देखा के रोजानाबाला पोलिटिकल मामला नईं है तो जरा मौज में आ गए।

काकासाहब : मौज में? उस गरीबनी के संग?

जयसिंह : वो कहाँ समझ पा रही थी कि क्या चल रहा है।

सरिता : कैसे?

जयसिंह : अरे भई, मैं उसी के करीब बैठा था न! एक-दो बार...
(काकासाहब से)
प्लीज डोंट मिस अंडरस्टैंड। लोग हँस रहे थे, तो वो भी हँसने लगी। समझ नहीं पाई थी कुछ भी। मुझे उम्मीद भी नहीं थी कि समझ पाएगी। मैं उसे सिर्फ एक एविडेन्स... एक सबूत के तौर पर पेश करना चाहता था, वो काम पूरा हो गया।

जैन : इट वाज अ बेरी सक्सेसफुल एंड कनविनसिंग प्रेस-कान्फ्रेंस जैसिंह!

जयसिंह : *(सरिता से)*
बोलने का काम मैंने ही किया, वो चुपचाप बैठी थी। इससे पूछ लो चाहे।

जैन : *(लम्बी साँस लेकर)*
अपनी तो समझ मेंई नईं आता के कहाँ जाएँ और का पकड़ के लाएँ।
(जयसिंह से)
आई बिल इस्कोर ओबर यू, यू बिल सी, यू बास्टर्ड...
(काकासाहब का ध्यान आते ही कान पकड़कर)
सारी! ऐसेई लग रहा है जैसे अभी तलक प्रेस क्लब में बैठे होएँ।

जयसिंह : *(सरिता से, पीते हुए)*
हम बेकार में सेंटिमेंटल बनते हैं। जंगलवासी लोग हैं ये, मजबूत होते हैं। दे कैन टेक मनी थिंग्स। आपको बताऊँ काकासाहब, मैंने अपनी आँखों से देखा है ऐसे आदिवासियों को जिन पर रीछ ने जबरदस्त हमला किया

है...मांस लटक रहा है...हड्डी निकल आई है मगर अपने पाँवों से चलकर मिशन हॉस्पिटल में खुद चले आ रहे हैं। जंगल में मिशनरी डाक्टर बगैर अनेस्थेसिया के उनका ऑपरेशन करते हैं, और उफ् तक नहीं निकलती इनके मुँह से। पैदाइशी सहनशील होते हैं।

काकासाहब : क्या इसीलिए हम उन्हें सताते चले जाएँ?

जयसिंह : मैंने ये तो नहीं कहा।

सरिता : लोग ऊटपटाँग सवाल करते रहे, उसकी हँसी उड़ाते रहे और आप शान्ति से तमाशा देखा किए?

जयसिंह : तुम लोगों ने गलत इमैजिन कर लिया है। जैन, तूने यार, हमेशा की तरह तसवीर गलत पेंट कर दी...

(सरिता से)

सुनो सरिता, कुछ सीधे और सही सवाल भी पूछे गए थे।

जैन : बिलकुल, जरूर पूछे गए थे।

जयसिंह : और मैं आपको यही समझाने की कोशिश कर रहा हूँ कि कुछ सवालों का जो मतलब हम और आप निकाल रहे हैं, वो उसके दिमाग में उभरा तक नहीं था। कई सवाल उसकी समझ से परे थे।

काकासाहब : उसकी जो हँसी उड़ाई गई, वो तो इससे नहीं धुल जाती।

जयसिंह : काकासाहब, हर हस्ती की जो दिल्ली की प्रेस-कॉन्फ्रेंस में उतरती है, थोड़ी-बहुत हँसी होकेई रहती है। दैट्स ऑल इन द गेम!

जैन : ही इज राइट देअर। जिसे हँसी न करानी होय, उसे दिल्ली में प्रेस-कॉन्फ्रेंस बुलानी ही नई चैए।

सरिता : कॉन्फ्रेंस उसने नहीं बुलाई थी।

जैन : *(जयसिंह से)*

सी हैज अ पॉइंट देअर! प्रेस-कॉन्फ्रेंस गुरु तुमने बुलाई थी।

जयसिंह : *(चिढ़कर)*
तू दोनों तरफ से बोल रहा है।

जैन : *(कन्धे उचकाकर)*
अपन सत्त की कदर करते हैं, चाय किसी का होय...

जयसिंह : *(काफी नशे में)*
प्रेस-कॉन्फ्रेंस मैंने अपने फायदे के लिए नहीं बुलाई थी। बल्कि इसलिए बुलाई थी कि इनसानों के बाजार का महाभयानक सत्य रोशनी में आए।

काकासाहब : और इसलिए तुमने एक औरत को बाजार में उतारा।

जयसिंह : *(लाल-पीला होकर)*
क्या कहा?

काकासाहब : एक औरत को, उस गरीब देहातिन को तुमने बाजार में उतारा।

जयसिंह : *(एकदम भड़ककर और खड़े होकर)*
वो स्टेटमेंट वापिस लीजिए...विदड्रॉ दैट स्टेटमेंट...

[सरिता आशंकित। बीच-बचाव करने को उठती है।]

सरिता : *(जयसिंह से)*
बैठिए आप...ये क्या है...
(जबरदस्ती बिठाती है।)

जयसिंह : *(गुर्राकर)*
ही इज़ टु अॅपोलोजाइज फॉर दिस...

सरिता : *(काकासाहब से)*
आप बुरा मत मानिए। कभी-कभी बिलकुल...
(जयसिंह से)
चलिए, पहले खाना खा लीजिए...
(जैन से)

आप रुकेंगे?

जैन : *(नर्वस होकर)*
हम? नईं-नईं। घर में राए देख रई होएँगी। दुपैर में भी घर पे खाना नहीं खाया था, रात में तो घर पोंचनई पड़ेगा... नईं तो हमेसा के वास्ते बाहर कर दिया जाऊँगा।
(नर्वस हँसी)
(जयसिंह से)
सी यू रास्कल...
(सरिता से)
आजकल ये ड्रिंक झेल नईं पाता है...
(जाते-जाते मुड़कर काकासाहब से)
नमस्ते...
(चला जाता है।)

[वातावरण में गहरा टेंशन है।]

काकासाहब : आय ॲपोलोलाइज़। मैं माफी माँगता हूँ जयसिंह।

जयसिंह : आयम् सॉरी। मेरा बैलेंस जाता रहा।
(याद आते ही)
आपने खाना खाया?

सरिता : मैंने खिला दिया है। आपके आने तक रुकने को कह रहे थे।

काकासाहब : गुडनाइट जयसिंह। गुडनाइट सरिता।

जयसिंह : गुडनाइट।

[काकासाहब गेस्ट रूम में जाते हैं। जयसिंह और सरिता के बीच तनाव कायम है।]

सरिता : *(उसके हाथ से गिलास लेकर परे रखते हुए)*
अब रहने दीजिए।

कमला

[सरिता जयसिंह के एकदम करीब खड़ी है और जयसिंह उसकी देह की निकटता महसूस कर रहा है।]

जयसिंह : *(उत्तेजनापूर्वक)*
आई एम सॉरी। कई दिनों के टेंशन के बाद एकदम रिलीफ मिला है।

सरिता : तो क्या कोई बुजुर्गों की बेइज्जती करता है?

जयसिंह : कह दिया न सॉरी। उनसे कहा। तुमसे कहता हूँ।
(हौले से उसका हाथ पकड़ता है।)

सरिता : *(हाथ छुड़ाकर)*
चलिए, खाना खा लीजिए।

जयसिंह : *(दुबारा हाथ पकड़कर)*
भूख नहीं है।

सरिता : ड्रिंक्स के बाद खाना अच्छा रहता है।

जयसिंह : *(और उत्तेजित होकर)*
आज नहीं।

[सरिता उसका परिवर्तन पहचान गई है। ज़रा पसोपेश में है।]

जयसिंह : ऊपर चलो।

सरिता : *(अनजाने; पर निश्चित स्वर में)*
नहीं।

जयसिंह : मैं बाद में खाऊँगा। हम दोनों। एक साथ।

सरिता : *(संयम से)*
ऊँहूँ। हाथ छोड़िए। मेरा काम पड़ा है।

जयसिंह : *(उसे बाँहों में कसने की कोशिश करता है।)*
पड़ा रहने दो। पहले ऊपर...

सरिता : *(निश्चय से उसे परे करके)*

हटिए...ये क्या...

जयसिंह : *(घायल होकर)*
क्या? क्या किया मैंने? तुमने मुँह क्यों बनाया? मुझे दूर क्यों ढकेला? पहले कभी ऐसा नहीं किया तुमने।

[सरिता गहरी विरक्ति अनुभव कर रही है। उत्तर देने की स्थिति में नहीं है।]

जयसिंह : जवाब दो। मैं पति हूँ तुम्हारा। मैंने कुछ गलत माँगा?

[सरिता विरक्ति पर नियंत्रण पाने की कोशिश कर रही है।]

जयसिंह : यू मस्ट टेल मी। आई मस्ट नो। डोंट आई हैव द राइट टु हैव माई वाइफ व्हेन आई फील लाइक इट? डोंट आई?...ये भी मेरी भूख है...छह दिन का भूखा हूँ... अगर खाने को माँगता हूँ तो गलत है?...जवाब दो।

[सरिता बिना बोले भीतर चली जाती है।]

जयसिंह : सरिता...

[वह नहीं लौटती।]

जयसिंह : *(बेहद क्रोध से)*
द बिच्!

[जरा देर खड़ा रहता है। गिलास एक घूँट में खाली कर देता है और लड़खड़ाता हुआ ऊपर चला जाता है।]

[निर्जन मंच! चकाचौंध पैदा करनेवाली रोशनी। प्रकाश-योजना बदलती है। फीका उजाला। पता

नहीं, कितना समय बीत गया है। फिर ध्यान में आता है कि एक ओर सरिता अकेली बैठी है। घड़ी की टिकटिक घनी रात चीरती जा रही है। सरिता बुत की तरह बैठी है। यह भी पता नहीं चलता कि सो रही है या जग रही है।

भीतर से एक शक्ल उभरती है। फिर यह सोचकर कि ड्राइंगरूम में कोई है, धीमे-धीमे आगे बढ़ती है। यह कमला है।]

सरिता : क्या है कमला?

[कमला चौंक पड़ती है। मुड़कर भाग जाना चाहती है।]

सरिता : ठहरो कमला।

[कमला जहाँ-के-तहाँ खड़ी रह जाती है। सरिता बड़ा लैम्प जलाती है। कमला घूँघट में।]

सरिता : क्या चाहिए कमला?

[कमला खड़ी है। फिर सिर हिलाकर बताती है कि कुछ नहीं चाहिए।]

सरिता : नींद नहीं आ रही है?

[कमला इशारों में बताती है कि नहीं आ रही है।]

सरिता : यहाँ किसलिए आई थीं?

कमला : *(रुककर)*

ऐंसई...

सरिता : क्या भाग जाने का इरादा है?

कमला : भाग के काँ जानें?

सरिता : बैठो कमला!

[जरा देर बाद बैठ जाती है। जमीन पर।]

सरिता : अरे, यहाँ बैठो। हम कहते हैं, ऊपर बैठो।

कमला : *(न उठकर)*
यई अच्छो लगत, आदत पड़ी है ना!

सरिता : कमला, कमलाबाई सो गई?

कमला : हओ! खुर्राटा भर रई है, जे लम्बे-लम्बे!
(रुककर)
आप नईं सोईं?...आप काए जग रईं?

सरिता : ऐसे ही। नींद नहीं आ रही थी।

कमला : ओ मइया! आपको सोई नींद नाय आउत?

सरिता : नहीं आती।

कमला : नींद काये नाय आउत?

सरिता : कभी-कभी उड़ जाती है।

कमला : *(रुककर चारों ओर देखकर)*
आप याईं पौढ़त?

सरिता : नहीं। ऊपरवाली कोठरी में।

कमला : ऊपर सोई कुठरिया होत?

सरिता : हाँ।

कमला : मइया री मइया! इत्ती बड्डी हवेली, और कित्ती खपसूरत, सच्ची। हमाए वाँ राजाजी को म्हैल सोई इत्तो खपसूरत ना होय!

सरिता : ये मकान तुम्हें पसन्द आया?

कमला : एल्लो! काय पसन्द नईं आय! याँ का नइयाँ? सुपनो पड़े तो बी नाय दिखाय दे सो सव्वई है याँ!...औ वे काँ पौढ़त?

सरिता : कौन?

कमला : वेई, जिन्नें हमें खरीदो है।

सरिता : ऊपरवाली कोठरी में।

कमला : त ऊपरवाली कुठरिया सबईं में बड़िया हुई है...मालिक की कुठरिया।

(रुककर)

बाल-गुपाल नाय दिखाय रए?

सरिता : बाल-गुपाल? बाल-गुपाल कौन?

कमला : *(लजाकर)*

बच्चा-उच्चा।

सरिता : हमारे बच्चा नहीं है।

(कमला को एकाएक चुप होते देखकर)

क्यों? चुप क्यों हो गई कमला?

कमला : ऐंसई। भगवान की लीला...इत्ती बड्डी हवेली, पे...

सरिता : *(मजा लेकर)*

हाँ, कमला...घर काटने को आता है। बड़ा सूना लगता है।

कमला : जाँच कराई डाँगधरनी से?

सरिता : कराई थी। कोई नतीजा नहीं निकला।

कमला : *(रुककर)*

मालिक भौती दुखी हुई हैं।

सरिता : हैं तो...

कमला : *(काफी देर की चुप्पी के बाद)*

बीबीजी, एक बात कएँ?

सरिता : कहो।

कमला : आपको कित्ते में खरीदो?

सरिता : *(कन्फ्यूज्ड)*

क्या?

कमला : आपको कित्ते में खरीदो?

सरिता : *(सँभलकर)*
मुझे? कमला...
(इरादा बदलकर)
कमला...
(उसके करीब जमीन पर बैठकर)
सात सौ कलदार गिने थे।

कमला : ओ मइया! सा—त—सौ?

सरिता : क्यों? कमती दिये क्या?

कमला : कमती...?
(रुककर)
भौती मेंगो सोदा भओ बीबीजी। सात सौ कलदार गिने... औ न बाल, न बच्चा!

[सरिता दुखी चेहरा बनाती है।]

कमला : रोटी खिलाओ, कपड़ा पहिराओ...भौती विथा हौत हुई है, सच्ची।

सरिता : तुम्हारे कै बच्चे हैं?

कमला : हैं त नईं पे जित्ते चायँ उत्ते देय हम! औ मेनत-मजूरी सोई कराय लो। सुबै सैं संझा तलक औ संझा सैं सुबै तलक... चायँ जित्ता कराय लो। बीबीजी जिमीन-जैदाद हे कछू बिनकी?

सरिता : बिनकी?
(ध्यान में आते ही)
हमारे मालिक की...यही सब है।

कमला : औ खेती-बारी? हल-बैल?

सरिता : ना!

कमला : बुरी बात! खेती होय त सुन्ना बरसे। हम खेती का काम सोई करत हैं। बीबीजी, आप?

सरिता : हमें वो काम नहीं आता।

कमला : *(सोचकर)*
हूँम्।

सरिता : क्या सोच रही हो?

कमला : *(सोचते हुए)*
ऊँ—हूँ!

सरिता : ऊँहूँ कैसे? कुछ तो सोची रही हो, बताओ।

कमला : ऐंसई...

सरिता : बताओ तो सही।

कमला : *(निर्णय करके गम्भीरतापूर्वक)*
बताएँ? बुरो न मानियो। मालिक ने तुमें खरीदो औ हमें सोई खरीदो। दो-दो लुगाइयन पे भोती रुपइया लुटो। हे ना? रुपइया कमाओ बड़ो मुसकल काम बीबीजी। बैल की नाईं खटना पड़े मरद को। त बीबीजी, अपन दोइयन कों मिलकें याँ रैने चइए। तुम हमाई बहना, हम तुमाई बहना। हे ना? दोई मिलकें मालिक को खुस रखें चइए, जैदाद फेलाएँ चइए। मालिक कों बच्चा देय चइए।... मैनत-मजूरी, बच्चा देबो हमाए जिम्मे। लिखा-पढ़ी, हिसाब-किताब तुमाए जिम्मे। बड़िया-बड़िया जम्पर पैन के तुम मालिक संग डोलियो। तीज-तेवहार होवे त सैर करियो, जैसें आज। अपन से ना होय ओ सब। अपन भले, अपनो घर भलो। तुम फिकर नाय करियो बीबीजी, हम सऽब समाल लैहें। मईने की पन्दरा रात मालिक के संग तुम सोइयो, पन्दरा रात हम सोहैं। हे मनजूर?

सरिता : *(सुनकर कुछ अंशों में कन्फ्यूज्ड और कुछ अंशों में मूव्ड)*
मंजूर है।

कमला : मालिक सें तुमी कै दियो, हाँ। कइयो, कमला सबमें राजी है।

सरिता : तुम्हीं कह दो न!

कमला : हाय दइया, हम?...हमें सरम लगत मालिक सें बोलत... इत्ते बड्डे राजा आदमी औ हम अनाड़ी...गँवार...हमसें नाय हुइए...

सरिता : *(जैसे मन में निर्णय करके)*
ठीक है...मुझी को कहना पड़ेगा...

[धीरे-धीरे अँधेरा।]

[सुबह।

जयसिंह अकेला डाइनिंग टेबुल पर सुबह से अखबार देख रहा है। ब्रेकफास्ट कर चुका है।

कुछ पलों बाद अखबार सहित सोफे पर आ बैठता है। सिर अखबार में डूबा हुआ।

काकासाहब गेस्टरूम से निकलकर बाहर आते हैं।]

जयसिंह : *(अखबार में डूबे-डूबे)*
गुड मॉर्निंग।

काकासाहब : *(मॉर्निंग)*
(उसके सामने बैठकर)
सुबह से तैयार हुए बैठे हो?
(कोई उत्तर न पाकर एक अखबार उठा लेते हैं।)
इसे देख सकता हूँ?

जयसिंह : *(बगैर सिर उठाए)*
देखिए।

[काकासाहब अखबार देखते हैं। जयसिंह भी। सरिता ऊपर से उतरती है। भीतर जाने लगती है। जयसिंह जरा निगाह डालकर फिर अखबार में मुँह छिपा लेता है। इससे काकासाहब को पता चलता है कि सरिता आई है। वे गर्दन मोड़कर देखते हैं।]

काकासाहब : आज देर से उठीं?
(अखबार देखते हैं)

[सरिता 'हुँम्' कहकर चली जाती है।]

जयसिंह : *(अखबार में डूबे-डूबे)*
कमलाबाई, काकासाहब की चाय!

काकासाहब : *(अखबार में से देखते हुए।)*
हम सरिता के साथ पी लेंगे। तीन-तीन बार की परेशानी क्यों—

जयसिंह : *(बगैर सिर उठाए)*
परेशानी किसलिए? कमलाबाई है ही इसीलिए। वी पे हर फार दैट।

[काकासाहब कुछ नहीं कहते। अखबार देखते रहते हैं। जयसिंह अखबार टीपॉय पर रखकर सिगरेट जलाता है। तृप्त भाव से पीता है।]

काकासाहब : सभी अखबारों ने खबर छापी है।

[जयसिंह जवाब नहीं देता। सिगरेट पीता है। 'संवाद' शुरू करने के इरादे से काकासाहब पहल करते हैं।]

काकासाहब : कमला फोटो में अलग दिखाई पड़ती है।

जयसिंह : *(अनिच्छा से, पर अपने में डूबकर)*
जी!

काकासाहब : तुमने असल में कितने में खरीदा उसे? ये अखबार कहता है ढाई सौ में, और इसमें लिखे हैं साढ़े तीन सौ!

जयसिंह : ढाई सौ।

काकासाहब : इस बात में भी हर एक की खिचड़ी अलग पक रही है। सचाई भी सबकी अलग होती है। हर एक का एक्सक्लूसिव सत्य!

जयसिंह : हमारा पेपर देखिए। उसमें जो छपा है, वही एक्यूरेट है।

काकासाहब : कल रात को तुमने प्रेस-कॉन्फ्रेंस के सिलसिले में जो बताया था उसके हिसाब से लोगों ने काफी गम्भीरता दिखाई। और सबने छापा भी है जिम्मेदारी से।

जयसिंह : दे आर रिस्पॉन्सिबुल पीपल...जनरली। जितने फ्रिवलस दिखाई पड़ते हैं, उतने होते नहीं हैं।
(आखिरी अंश जोर देकर कहता है।)

काकासाहब : *(उसका जोर देने का मतलब समझकर)*
अच्छे आसार हैं।

[दोनों मौन हो जाते हैं। फोन की घंटी।]

जयसिंह : *(जाकर फोन उठाकर)*
थैंक यू, थैंक यू। सो नाइस ऑफ यू।
(रिसीवर रख देता है।)

[फोन फिर बज उठता है।]

काकासाहब : हो गया शुरू!

जयसिंह : *(फोन पर पंजाबी में)*
पढ़ा? थैंक यू। किसी-न-किसी को लिखना ही चाहिए था। और सब ठीक? थैंक्स अगेन...बाय्...

(फोन रखते ही बजता है।)

जयसिंह : *(कैजुअली)*
ओह डैम्!
(रिसीवर उठाकर)
हेलो...हेलो...हेलो...जयसिंह हियर...हाउ वाज़ इट? अच्छा लगा? बहुत अच्छे! थैंक्यू डियर! डिनर? व्हाई नाट? श्योर! बुध की सुबह रिमाइंड करना। बाय्...

[रिसीवर रख देता है। सरिता अपने और काका-साहब के लिए चाय ला चुकी है। दोनों चाय पीने की तैयारी में हैं।

फोन की घंटी बजती है। जयसिंह बड़बड़ाता हुआ रिसीवर उठाता है।]

जयसिंह : *(फोन पर)*
कहिए रामभाऊ...पढ़ा? राइट। बहुत भयानक है। जी... जी...! जी? हाँ-हाँ, याद है। भाषणबाजी मुझे अच्छी नहीं लगती। प्रश्नोत्तरी हो तो चला आऊँगा। अच्छा, देखेंगे। मिलिए।
(रिसीवर रख देता है।)

[अब फोन नहीं बजता। काकासाहब राहत महसूस करते हैं। जयसिंह जैसे किसी फोन की प्रतीक्षा कर रहा है और वह नहीं आ रहा है।]

सरिता : *(समझकर)*
मैं लूँ फोन्स?

जयसिंह : *(अकारण चिड़चिड़े स्वर में)*
पहले चाय तो पी लो।

[फोन की घंटी बज उठती है। सरिता और काकासाहब देख रहे हैं। जयसिंह फोन का प्लग उतारता है और फोन, सिगरेट का पैकेट वगैरह उठाकर ऊपर जाने लगता है।]

जयसिंह : *(जाते-जाते)*
मैं ऊपर हूँ। चाय भिजवा देना।
(ऊपर चला जाता है।)

सरिता : कमलाबाई...
(चाय तैयार करती है।)

[कमलाबाई आती है। सरिता कप-सॉसर उठाकर देती है।]

सरिता : साहब को दो—ऊपर।

[कमलाबाई जाने को होती है।]

सरिता : सुनो। मैंने दो साड़ियाँ निकाल के मेज पर रक्खी हैं, लेती आना।

[कमलाबाई सिर हिलाकर 'हाँ' कहती है और चली जाती है।]

काकासाहब : *(सरिता को देखकर)*
लगता है, रात को सोईं नहीं।

सरिता : *(क्या उत्तर दे!)*
सोई तो थी, पक्की नींद नहीं आई।

[काकासाहब 'हूँम्!' कहकर उसे अखबार थमाते हैं। वह कैजुअली देखती है।]

काकासाहब : क्या खयाल है?

सरिता : चाय लेंगे और? केतली में है।

काकासाहब : चाय नहीं, जवाब चाहिए।

सरिता : *(उठकर)*

दुनियाभर का काम पड़ा है। आज आँख भी देर से खुली।

(जाने लगती है।)

काकासाहब : हम आज जाना चाहते हैं।

सरिता : *(एकाएक रुककर)*

जी?

काकासाहब : यहाँ फिजूल वक्त बरबाद करने में क्या रक्खा है! वहाँ तुम्हारी काकी राह देख रही होंगी। आजकल अकेले रहते डरती हैं...लो ब्लडप्रेशर सताने लगा है।

[सरिता उनकी आँख-से-आँख भिड़ा देती है। सब समझती है।]

सरिता : सच?

(भीतर दुखी)

काकासाहब : जयसिंह से कह देना कि वो फून कर दे उस सेक्रेट्री को। वही...हमारे कागज के कोटे के सिलसिले में। ऐसे बहुत जल्दी भी नहीं है!

(सरिता की उदासी समझकर)

देख बेटे, हम तेरी वजह से नहीं जा रहे हैं...न जयसिंह की वजह से। वहाँ सच में बहुत-से काम अटके पड़े हैं...

(जान रहे हैं कि सरिता, जो दर्शकों की ओर पीठ करके खड़ी है, विश्वास नहीं कर रही है।)

लो, अब कैसे समझाएँ तुम्हें?

(मृदुलता से)

पगली है तू? एँ? पहले आँखें पोंछ।

सरिता : आज रुक जाइए।

काकासाहब : क्यों? आज ही क्यों?...अच्छा-अच्छा, रुके जाते हैं। तुम्हारी अदालत में अपील कहाँ!

[कमलाबाई साड़ियाँ लेकर नीचे आती है। सरिता उसे ब्रेकफास्ट के बारे में हिदायतें देती है। कमलाबाई जाने को होती है।]

सरिता : कमला उठ गई?

कमलाबाई : *(नाराजगी-भरी आवाज में)*
होय्। घुसलकू गई।

सरिता : ये दोनों साड़ियाँ उसे दे देना। कहना, जो चाहे, पहने।

कमलाबाई : *(नाखुश होकर)*
आपकी साड़ी? उसकू देने का?

सरिता : हाँ। क्यों?

[कमलाबाई नाराज होकर चली जाती है। काकासाहब सब सुन रहे हैं। कमलाबाई के चले जाने के बाद सरिता की ओर देखते हैं। वह भी देखती है।]

सरिता : *(उठकर)*
आप बैठिए, मैं अभी आई। धोबी के लिए कपड़े बटोरने हैं। आपके हों तो दीजिए।
(ऊपर चली जाती है।)

[काकासाहब विचारों में खोए-से बैठे हैं। फोन की मशीन लेकर जयसिंह उतरता है। कन्धे पर तौलिया। प्लग लगाता है। टेन्स दिखाई पड़ रहा है।]

जयसिंह : कमलाबाई...

[कमलाबाई आती है।]

जयसिंह : तुमको कै बार बताया जाए कि मेरा पढ़ना पूरा होने के बाद सारे अखबार तहाकर वहाँ रैक में रख दिया करो?

कमलाबाई : *(गलती समझकर बड़बड़ाते हुए)*
ओच् करनेकू आई...

जयसिंह : आई या बुलाना पड़ा? उठाओ सारे पेपर्स...उठाओ...

[जयसिंह के आदेशानुसार कमलाबाई अखबार तह करके रैक में रखती है। काकासाहब यह भी देख रहे हैं। जयसिंह भी यह समझ रहा है।]

जयसिंह : कमला को जल्दी-जल्दी तैयार होने को बोलो। हम लोगों को जाना है।

[कमलाबाई भीतर जाती है।]

काकासाहब : *(धीमी आवाज में)*
कहाँ जाओगे?

जयसिंह : नारी-निकेतन में। यहाँ का अनाथाश्रम है। कमला को वहीं रखने का इन्तजाम किया है।

[फोन की घंटी। जयसिंह उठाता है।]

जयसिंह : *(फोन पर)*
हेलो...येस...
(चेहरे का तनाव बढ़ता जाता है।)

[फोन पर बहुत दूर से 'हेलो-हेलो' की आती आवाज। सन्नाटा। जयसिंह फोन रख देता है। भीतरवाले कमरे के दरवाजे तक जल्दी-जल्दी जाता है।]

जयसिंह : *(चिल्लाकर)*

कमलाबाई, कितनी देर लगा रही हो? वो हो गई कि नहीं तैयार? जल्दी भेजो...

[फिर फोन बज उठता है। जयसिंह नहीं उठाता। काकासाहब रिसीवर उठाते हैं। संकोचसहित।]

काकासाहब : जी हाँ। जयसिंह जाधव की कोठी। आप कौन साहब हैं? इंस्पेक्टर माधोसिंह? नीतिबाग पुलिस स्टेशन से? *(वो जयसिंह की दिशा में देखते हैं, वह दूसरी ओर देखता है। सिचुएशन समझकर)* फिर कहते हैं—
वो नहाने गए हैं...अर्जेन्ट है? ठीक है। मैसेज दे देंगे। हम शिवाजीराव मोहिते। ठीक।

[रिसीवर रख देते हैं। गम्भीर हो जाते हैं। सरिता मैले कपड़ों का छोटा-सा ढेर लेकर उतरती है।]

काकासाहब : नीतिबाग पुलिस स्टेशन से फोन आया था। फुरसत से बात कर लेना।

सरिता : *(किंचित् घबराहट से)*
क्या हुआ?

जयसिंह : कलवाली प्रेस-कॉन्फ्रेंस का मवाद बहना शुरू हो गया होगा।

सरिता : कैसा मवाद?

जयसिंह : डोंट बी दैट स्टुपिड। मैंने जो कमला को खरीदा है, वो पुलिस की निगाह में गुनाह है।

सरिता : गुनाह आपने मध्य प्रदेश में किया है। नीतिबाग पुलिस वालों का उससे क्या वास्ता?

जयसिंह : वहाँवालों ने प्रेस किया होगा। यहाँ घंटी बजने लगी। इतनी-सी बात नहीं समझतीं।

काकासाहब : वो लोग क्या तुम्हें एरेस्ट करना चाहते हैं?

जयसिंह : देखेंगे। फिलहाल वे कमला का कब्जा चाहेंगे।

सरिता : कमला को उनके कब्जे में नहीं देना है।

जयसिंह : देखना पड़ेगा। इस वक्त तो हम कमला को उन्हें सौंपनेवाले नहीं हैं।

[फिर फोन बज उठता है। जयसिंह अपेक्षा से काकासाहब को देखता है। वे दूसरी ओर देखते हैं। सरिता फोन लेने को आगे बढ़ती है।]

जयसिंह : ठहरो। मत उठाओ। उन्हीं का होगा। *(स्वयं रिसीवर उठाकर नीचे रख देना चाहता है। मगर इरादा बदलकर स्पीकिंग एंड पर हाथ रखकर सरिता से)* या तुम्हीं बोलो। अगर इन्सपेक्टर बोल रहा हो तो कह देना मैं घर पर नहीं हूँ। कहाँ गया हूँ, मालूम नहीं। हुँम्, लो।

सरिता : *(रिसीवर लेकर)*
जी?...जी...। बाहर गए हैं।...जी, बता के नहीं गए हैं।... जी...
(रिसीवर रख देती है)

[कमला आती है। सरिता की साड़ी पहने हुए है, अपने ढंग से। उसके पीछे कमलाबाई आती है।

राहत की साँस लेकर जयसिंह मुड़ता है। कमला दिखाई पड़ती है। पल-भर देखता रहता है। सब कमला को देखते हैं। जयसिंह ठहाका मारकर हँसता है।]

सरिता : *(हर्ट होकर)*
क्यों?

जयसिंह : हाऊ एट्रॉशस्। ये खयाल तुम्हारी ही खोपड़ी में आ सकता था।

काकासाहब : अच्छी तो दिख रही है। कल कितनी मैली-कुचैली दिख रही थी बिचारी।
(कमला से)
कमला, आज तो खूब फब रही हो बेटी।

[कमला घूँघट में शरमाती है।]

जयसिंह : चलो कमला, अपना सामान ले आओ।
(कमला फ्रोज़न। यह देखकर)
सामान कहाँ है तुम्हारा?...हमें जाना है।

कमला : *(कमजोर आवाज में)*
का लौटने का नईं है का?

जयसिंह : नहीं। तुम वहीं रहोगी जहाँ हम लोग जा रहे हैं।

[कमला यह सुनकर बुत बन जाती है।]

जयसिंह : वो अच्छी जगह है। यहाँ से भी अच्छी है।

सरिता : अनाथाश्रम में ले जाएँगे न? वो यहाँ से अच्छा कैसे?

जयसिंह : दैट वाज़ फॉर हर।

सरिता : ये तो सरासर...

जयसिंह : उतना बुरा नहीं। अच्छा लगेगा।

सरिता : कैसे लगेगा?

जयसिंह : तुमसे बहस करने का टाइम नहीं है मेरे पास। कमला, सामान ले आओ। फौरन!

[कमला ज्यों-की-त्यों।]

सरिता : *(धैर्यसहित)*
कमला आपके साथ नहीं जाएगी।

जयसिंह : मजाक छोड़ो। चलो कमला...
(सरिता से)
तुम उसकी पोटली तो ला दो अन्दर से।

सरिता : कमला सच में नहीं जाएगी। वो यहीं रहेगी।

जयसिंह : यहाँ? डोंट बी एब्सर्ड...

सरिता : मैं सच कह रही हूँ। कमला यहीं रहेगी।

जयसिंह : *(टेन्स्ड अप)*
ये किसने तय किया?

सरिता : मैंने।

जयसिंह : *(सरकॅस्टिक)*
करेगी क्या यहाँ रहके?

सरिता : *(पल-भर का समय लेकर)*
कमलाबाई की तरह रहेगी।

जयसिंह : आर यू गॉन नट्स ऑर समथिंग? दिमाग ठिकाने पर तो है तुम्हारा?

सरिता : जी।

जयसिंह : कमलाबाई, इसकी पोटली ले आओ।

[कमलाबाई भीतर जाकर पोटली ले आती है।]

सरिता : *(निश्चयपूर्वक)*
कमलाबाई, पोटली रख आओ।

[जयसिंह टेन्स्ड अप। कमलाबाई पसोपेश में।]

जयसिंह : कमलाबाई, वो पोटली मुझे दो।

[कमलाबाई पोटली दे देती है।]

जयसिंह : *(कमला को पोटली थमाकर सरिता से)*
इट्स मी हू टेक्स डिसीशन्स इन दिस हाउस एंड नो वन एल्स। समझीं? चलो कमला...
(चलते-चलते मुड़कर)
शायद मुझे रात हो जाए लौटते-लौटते। फोन्स आएँ तो ऑफिस में डायरेक्ट कर देना और नोट कर रखना।

[दरवाजे तक पहुँचकर पूरा मुड़ता है और पाता है कि कमला पोटली हाथ में लिये जस-के-तस खड़ी है, सिर झुकाए।]

जयसिंह : *(चिल्लाकर)*
बहरी हो गई हो कमला?...चलो...

[कमला दरवाजे की ओर ऐसे बढ़ती है जैसे उसे धकेला-घसीटा जा रहा हो।]

जयसिंह : *(काकासाहब से जरा सौम्य स्वर में)*
कमला को अपने घर में नहीं रक्खा जा सकता क्योंकि तब मान लिया जाएगा कि मैंने कमला को खरीदा है। और उस हालत में डिसीशन हमारे खिलाफ जा सकता है, और मुझे जेल की सज़ा भी हो सकती है। कमला को इसीलिए अनाथाश्रम में जाना होगा। पुलिस उसका कब्जा माँगेगी इसलिए भी अगर अनाथाश्रम में होगी तो कोर्ट में हमारे आर्ग्यूमेंट को बल मिलेगा। इट्स गोइंग टु बी अ लॉन्ग ड्रॉन बैटल नाउ...

[काकासाहब सम्मतिसूचक तरीके से सिर हिलाते हैं। वातावरण में टेंशन है।]

जयसिंह : *(एक बार सरिता को देखकर काकासाहब से)*
बाय्...मैं रात में लौटूँगा।
(जाता है।)

[उसके पीछे कमला।

कमला सिर मोड़कर सारा मकान देख लेती है और धीरे-धीरे चली जाती है। सरिता पत्थर बनी देख रही है। लॉस्ट।]

कमलाबाई : ब्येस हुआ ओ गई त...गन्धी औरत...चालूच मेली...

[सरिता शार्पली देखती है। कमलाबाई सिट-पिटाकर भीतर चली जाती है।

अब सरिता काकासाहब की ओर देखती है। वे भी देखते हैं। सरिता आँख चुराती है। बहुत बेचैन है।]

काकासाहब : उसका कहना गलत नहीं था। उनके शतरंज के खेल में कमला महज एक मोहरा है।

सरिता : महज कमला ही नहीं काकासाहब...
(आवेग कुंठित करने की कोशिश करके)
अकेली कमला नहीं, मैं भी...मैं भी...

[धीरे-धीरे अँधेरा फैलता है।]

[जब उजाला होता है तब शाम हो चुकी है। दीया-बाती का वक्त बीत चुका है।

ड्राइंगरूम में सन्नाटा है। बाहरवाले दरवाजे की ओर से पहले कमलाबाई और उसके पीछे जयसिंह आता है।]

जयसिंह : बाईसाब कहाँ हैं?

कमलाबाई : उप्पर, सोएला हय!

जयसिंह : *(टेलीफोन के करीब जाकर देखता है कि फोन्स आए थे या नहीं)*
सोई हैं? हमने दुपहर में फोन किया था, वो उन्हें बताया था?

कमलाबाई : फऊरन बताया। उप्पर जाके बताया। के साब बोला, शामकू पाल्टी में जाने का हय्। सात के ठोके पे तयार रेने का।

जयसिंह : *(साइडबोर्ड की तरफ जाते-जाते)*
पार्टी की ड्रेस में हैं?

कमलाबाई : नईं जी! सुबे के माफक हय्। कमरा के बाअर नईं निकली जी।

जयसिंह : *(बोतल और गिलास बाहर निकालकर)*
क्या तबीयत ठीक नहीं?

कमलाबाई : क्या मालम। बोल्या नईं।

जयसिंह : काकासाहब कहाँ हैं?

कमलाबाई : दुपैर में गया काकासाब...अब्बी तक आया नईं।

[जयसिंह छोटा पैग तैयार कर चुका है। टेप-डेक ऑन करता है। कम्फ़र्टिंग म्यूज़िक। सोफा पर बैठ जाता है।]

कमलाबाई : चा लाने का, का काफी?

जयसिंह : ये क्या है हमारे हाथ में? देख रही हो न? फिर चाय-कॉफी क्या पूछती हो?...जाओ, बाईसाब से बोलो, हम आए हैं। जल्दी तैयार होके आएँ। और आते-आते हमारा कोट ले आएँ।

[कमलाबाई ऊपर जाती है।]

जयसिंह : *(बुड़बुड़ाकर)*
स्टुपिड!
(रिलैक्स्ड फील कर रहा है।)

[ऊपर से सरिता धीमे-धीमे उतरकर आती है। सुबहवाले घरेलू कपड़ों में। मुँह उतरा हुआ। हाथ में कोट। उसके पीछे कमलाबाई जो उतरकर भीतर चली जाती है।]

जयसिंह : *(यह जानते हुए भी कि सरिता आ रही है, उसकी ओर न देखकर)*
हाय!

[सरिता का कोई रेस्पॉन्स नहीं। वह सोफे की पीठ पर कोट रख देती है। बैठ जाती है।]

जयसिंह : *(सरिता को देखकर)*
आई सेड्, हाय!
(सरिता का फिर भी रेस्पॉन्स न पाकर)
क्या बात है? तुम्हारी तबीयत ठीक नहीं?...गेट रेडी नाउ, क्विक्...
(कलाई-घड़ी में देखकर)
वी स्टार्ट एट क्वार्टर पास्ट सेवन। एक्जैक्टली ट्वेन्टी मिनट्स टु गो...और...वो जो मैं त्रिवेन्द्रम से साड़ी लाया था, वही पहनो। आज तक पहनके पार्टी में नहीं गई हो। आजवाला क्राउड हमेशा से अलग होगा। यू नो, नेशनल मिनरल कॉरपोरेशन का मैनेजिंग डायरेक्टर आनेवाला है वहाँ। सत्रह करोड़ के फ्रॉड-केस का मगरमच्छ। आय वॉन्ट टु टॉक टु हिम ओवर ड्रिंक्स। देखते हैं, क्या हाथ लगता है।
(पैग खत्म करके उठता है।)

सरिता : *(बैठे-बैठे)*
कमला का क्या हुआ?

जयसिंह : *(अनसुना करके लगभग गुर्राकर)*
भई, जल्दी तैयार हो।

सरिता : *(बलपूर्वक)*
कमला का क्या हुआ?

जयसिंह : क्या होना था कमला का? वो है वहाँ, नारी-निकेतन में। कल पुलिस कोर्ट में अपना केस पेश करेगी। हमने

भी वकील लगा रक्खा है, वो देखेगा। तुम पहले तैयार होओ...वी आर गेटिंग लेट...

(फोन तक जाकर, डायल घुमाकर)

प्रेस क्लब? कौन, चड्ढा? मैं जयसिंह बोल रहा हूँ। भाई

(पंजाबी में)

वहाँ हमारे एडीटर साहब होंगे तो कहना मैं बात करना चाहता हूँ। हाँ, वेट कर रहा हूँ।

(सरिता से)

कल मुझे शायद आन्ध्र जाना पड़ेगा। गोंड आदिवासियों की एक सभा में पुलिस ने फायरिंग की है। सुना है, चारों तरफ से घेर के गोली चलाई है। नौ-दस आदमी मरे होंगे अन्दाजन, सौ से ऊपर घायल हुए बताए जाते हैं।

(फोन पर)

हाँ चड्ढा! नहीं आए? ऑलराइट।...आय विल कॉन्टैक्ट हिम आफ्टरवड्र्स। नो प्रॉब्लम, थैंक यू चड्ढा...

(रिसीवर रख देता है)

लोग कहते हैं कत्ल...कत्ल और क्या होता है!

(सरिता को पहले की तरह बैठे देखकर)

तुम्हें पार्टी में नहीं चलना है क्या?

सरिता : *(न देखकर)*

नहीं।

जयसिंह : नहीं? क्यों?

सरिता : मेरी मर्जी।

जयसिंह : *(आश्चर्य दिखाकर)*

तुम्हारी मर्जी?

सरिता : क्यों?

जयसिंह : *(उपहास से)*

अभी तक कभी जाहिर नहीं हुई तुम्हारी मर्जी। नहीं चलना था तो पहले भी बता सकती थीं। मैं कह देता कि हम दोनों नहीं आ रहे हैं।

सरिता : मुझसे पूछा था आपने?

जयसिंह : ऑफकोर्स। कमलाबाई को सन्देशा देने को कहा था मैंने।

सरिता : उसे पूछना तो नहीं कहते।

जयसिंह : तुम उलटे मुझे फोन कर सकती थीं।

सरिता : मेरे फोन पर आने तक आप रुक सकते थे।

जयसिंह : मैं काम में फँसा हुआ था।

सरिता : आपको फोन करने का उत्साह मुझमें नहीं था।

जयसिंह : आज ही तुम्हारे उत्साह को क्या हुआ?

सरिता : *(पॉइंटेडली)*

सुनना चाहेंगे?

जयसिंह : फुरसत से सुनते रहेंगे। पहले ये वन्स फॉर ऑल डिसाइड करो कि चल रही हो या नहीं।

सरिता : डिसाइड कब का कर चुकी।

जयसिंह : मतलब, नहीं चल रही हो। ओ.के.! तुम्हारी मर्जी। मुझे तो जाना ही पड़ेगा। मैं चला। रात देर हो सकती है। तुम खाना खाके सो जाना। लैच-की है मेरे पास। बाय्...

[जयसिंह चला जाता है।

कार स्टार्ट होने की आवाज।

सरिता वैसे ही बैठी हुई।

काकासाहब आते हैं। उन्हें पहले सरिता नहीं दिखाई पड़ती।]

काकासाहब : ये दिल्ली की सड़कें भी...

(सरिता को देखकर)

सरिता? क्या बात है? बहुत गुमसुम हो? पहली दफा देख रहे हैं तुम्हें ऐसे...तबीयत ठीक है न?

(उसका माथा छूकर)

बुखार तो नहीं है। क्या सिर में दर्द है?

सरिता : सिर हो तभी दर्द होगा न?

काकासाहब : तुम्हारे?...और सिर नहीं? फिर है किसके?

सरिता : अभी जो सज्जन यहाँ से गए हैं, उनके।

काकासाहब : कौन सज्जन? हमें कोई नहीं दिखाई पड़ा।

सरिता : मुझे दिखाई पड़ा है।

काकासाहब : पहेली मत बुझाओ। साफ-साफ कहो।

सरिता : जाने दीजिए।

(रुककर)

मेरा एक प्लान है।

काकासाहब : अच्छा? क्या घर पे पार्टी वगैरा...

सरिता : नहीं, प्रेस-कॉन्फ्रेंस बुलाने का।

काकासाहब : प्रेस-कॉन्फ्रेंस? तो यह रोग तुम्हें भी लग गया?

सरिता : प्रेस क्लब में प्रेस-कॉन्फ्रेंस। दिल्ली के तमाम पेपरवालों के सामने...मैं अपनी प्रेस-कॉन्फ्रेंस में एक ऐसा व्यक्ति पेश करूँगी जो सन् उन्नीस सौ बयासी में भी दिल्ली शहर में गुलाम पाले हुए है। वो व्यक्ति है जयसिंह जाधव! मैं कहूँगी कि यह आदमी स्वतंत्रता का जबरदस्त हिमायती है और फिर भी गुलाम लाकर उसे इस्तेमाल करता है। उसे मंजूर नहीं कि गुलाम भी इनसान होता है। वह उसे इस्तेमाल की चीज मानता है, और इस्तेमाल कर लेने पर लापरवाही से अलग कर देता है। वह अपने को जुल्म-जबरदस्ती का कट्टर दुश्मन कहता है और अपने अधिकार में रखे गुलाम पर जुल्म करता है...जुल्म करता

है और उसे उसका कोई खयाल नहीं रहता है...जरा भी नहीं रहता है। सुनिए कहानी उसके इस्तेमाल की जो कमला नामक एक गुलाम को खरीदकर उसने किया है। दूसरा गुलाम तो उसने ऐसे ही मुफ्त में हासिल किया है... गुलाम के पिता ने ही...ऊँची रकम गिनी थी—सुनिए कि इसने उस गुलाम का क्या कर डाला है...

(जोर की सिसकी जो मुश्किल से ज़ब्त करते बनती है)

सॉरी...

काकासाहब : *(चिन्ताक्रान्त स्वर में)*

सरिता, कहाँ दौड़ रहा है तेरा दिमाग बेटी?

सरिता : कह दिया न सॉरी?

काकासाहब : तुम जयसिंह के बारे में ऐसा सोचती हो?

सरिता : आपने कुछ भी नहीं सुना। अभी बहुत बाकी है।

काकासाहब : कोई सुनेगा तो यही समझेगा कि जयसिंह जैसे विलन हो...

सरिता : कोई क्यों, मैं ही समझती हूँ।

काकासाहब : आखिर ऐसा क्या गुजरा तुम दोनों के बीच कि...

सरिता : गिरस्थी!

काकासाहब : वो तो दस सालों से अच्छी तरह चल ही रही है...ये सब आज ही कैसे आया तुम्हारे मन में?

सरिता : पहले नहीं आया था, क्योंकि मैं नींद में गाफिल थी... जग भी रही थी तो भी नशे में थी। कमला ने मुझे जगाया, झकझोरकर जगाया...कमला ने मुझे दिखा दिया...दिखा दिया साफ कि मैं जिसे साथी मानती रही, वह गुलामों का मालिक है। मैं पत्नी नहीं हूँ, उसकी एक गुलाम हूँ। उसकी निगाह में मैं भी एक कमला ही हूँ। इस घर में मेरा किसी बात पर अधिकार नहीं है...क्योंकि मैं भी गुलाम हूँ। गुलाम को कोई हक हासिल नहीं होता, है न

काकासाहब? गुलाम इसलिए होता है कि सिर्फ खटता रहे। मालिक के इशारों पर नाचता रहे। वो हुकुम दे कि हँसो, तो हँसो; रोओ, तो रोओ। वो कहे कि फोन लो, तो लेना पड़ेगा। वो आदेश दे कि पार्टी में चलो, तो जाना पड़ेगा। वो कहे कि बिस्तर पर मेरे साथ सोओ, तो...

(आवेश रोकने की कोशिश करती है।)

काकासाहब : सरिता, लगता है, कहीं कुछ बिगड़ गया है तुम्हारे भीतर।

सरिता : और वो कभी सुधरनेवाला नहीं है। काकासाहब, मुझे कभी ये लगनेवाला नहीं कि ये घर मेरा है।

काकासाहब : देखो, जयसिंह कोई अलग किस्म का आदमी नहीं है सरिता। वो भी आम पुरुष जैसा पुरुष है। तुम फिजूल सोच रही हो कि वह बहुत दुष्ट है। पुरुष को अपने कर्तृत्व का अहंकार होता है, ये उसकी प्रवृत्ति है। वो कर्तृत्व चाहे कितना ही तुच्छ क्यों न हो। उस हिसाब से अगर देखो तो मानना पड़ेगा कि जयसिंह पराक्रमी पुरुष है। अपने क्षेत्र में उसने नामवरी हासिल की है। और हासिल की है, अपने साहस के बल पर...

सरिता : इसीलिए उसे गुलाम रखने का अधिकार है...

(आवेशपूर्वक)

क्यों है? आदमी बड़ा होता है अगर, तो वो बड़ा आदमी क्यों नहीं होता? वो मालिक ही क्यों हो जाता है?

काकासाहब : सरिता, तुम्हारे सवालों का जवाब एक ही है कि पुरुष ऐसा ही है। इसीलिए वो 'पुरुष' है। और इसीलिए दुनिया में 'पुरुषार्थ' नामक कोई चीज है। बेटे, हमने भी यही किया था। आज जो हम हैं, उससे धोखा न खाना। तुम्हारी काकी को हमने जी-भर सताया था, अपना विशेषाधिकार मानकर सताया था। जरा भी नहीं सोचा था कि बेचारी की क्या हालत होती होगी। हम अपने आगे-ही-आगे देखते

बढ़े जा रहे थे...विश्वास था कि चाहे राजी-खुशी, चाहे घिसटती-लड़खड़ाती, चली तो आएँगी ही हमारे पीछे, और कहाँ जाएँगी...चली ही आई बेचारी।

सरिता : इसीलिए सरिता, तुम भी अपने मालिक के पीछे इसी तरह चुपचाप चलती जाओ क्योंकि यही तुम्हारा धर्म है।

काकासाहब : सच है, चाहे जानलेवा सच हो।...अगर दुनिया को कायम रहना है तो गिरस्थी की गाड़ी को चलना पड़ेगा और अगर चलना है तो ये सब ऐसे ही जारी रहेगा।

सरिता : क्यों जारी रहेगा? क्यों नहीं पुरुष घिसटता चले? क्यों नहीं नारी एक बार भी मालिक बने? क्यों नहीं वो इनसान की तरह जीने की माँग करे? क्यों सिर्फ पुरुष को ही पुरुषार्थ दिखाने का अधिकार मिले? क्या सिर्फ इसलिए कि वह पुल्लिंग पाए हुए है? नारी भी पुरुषार्थ दिखा सकती है।

काकासाहब : उसे पुरुषार्थ नहीं कहते।

सरिता : पुरुषार्थ वही न जो पुरुष दिखाता है? वो चाहे बरतन मले औरों के घर, फिर भी पुरुषार्थ ही दिखाएगा, यही न?

काकासाहब : है तो ऐसा ही।

सरिता : तो उसे बदलना होगा। जो पुरुषार्थ दिखाए वो पुरुष : चाहे पुरुष हो, चाहे नारी हो। जो पुरुषार्थ नहीं दिखाता वह जनाना है...चाहे दाढ़ी-मूँछ रखनेवाला ही हो। देश का प्रधानमंत्री होने में क्या पुरुषार्थ नहीं है? और उस प्रधानमंत्री के पुरुषार्थ के आगे कान पकड़कर सिर झुकाना अगर जनानापन नहीं है तो और क्या है।

काकासाहब : तुम बहुत नाराज दिखाई पड़ती हो सरिता। देखो, एक उमर वो भी होती है, जब आदमी को विकार से नहीं, विचार से काम लेना चाहिए। समझकर जीना चाहिए।

सरिता : नारी को ही क्यों?

काकासाहब : नहीं, गलत सोचती हो। क्या पुरुष भी बुरी तरह से घिस्सा नहीं खाता? उसे भी सब सहना ही पड़ता है, चुपचाप। दुम कटने पर यही कहना पड़ता है कि दुमकटे चुस्त-दुरुस्त होते हैं—दुम कटानेवाला चाहे पुरुष हो, चाहे नारी...

[दरवाजे की घंटी एकदम जोर से बजने लगती है। दो-तीन बार रुक-रुककर बजती है।]

सरिता : मैं देखती हूँ, कौन आया है।

[जाती है। लौटती है, तब जैन उसके साथ है।]

जैन : भाभीजी, कुछ गड़बड़ घुटाला हो गया है। जैसिंह से फौरन मिलना पड़ेगा। मुझे पता चलते ही दौड़ा-दौड़ा आया हूँ।

सरिता : क्या हुआ?

जैन : उसे काम से हटा दिया है, जाब से।

सरिता : *(अविश्वासपूर्वक)*
क्या?

काकासाहब : क्या कहा?

जैन : नौकरी से अलग कर दिया है जैसिंह को, उसके मालिक ने।

[सरिता शॉक्ड।]

काकासाहब : यकायक? बगैर इत्तला दिये?

जैन : आज साम को फैसला किया गया है। कल सुबेरे लेटर पकड़ा देंगे। मैं खबर मिलतेई भागा। रस्ते में प्रेस क्लब में देखा, सोचा, सायद वाँ होय। वाँ पहलेई खबर पोंच चुकी थी। बहस हो रई थी गरमागरम।

काकासाहब : आखिर वजह क्या है नौकरी से हटाने की?

जैन : मालिक पे भौती दबाव डाला है। पता जे चला कि उस पलेस मारकीट में चोटी के लोगों का हाथ है।

काकासाहब : मगर इतना बढ़िया काम करनेवाला आदमी और...अरे, मालिक के पेपर की प्रतिष्ठा बनी हुई है जयसिंह की वजह से।

जैन : बड़े पेपर की प्रतिस्ठा-व्रतिस्ठा नईं होती काकासाहब। उसका सिरफ सैल होता है और एडवरटाइजमेंट होता है, और होता है नफा या टोटा...

काकासाहब : भाई मेरे, पत्रकारों की सेवा-शर्तों का कानून है। ऐसे कैसे तड़ाक-भड़ाक निकाल सकता है कोई किसी को? जयसिंह का अपराध क्या है? कौन-सी गलती की उसने?

जैन : गलती तो जेई करी के ऐसे लोगों के पीछे पड़ गया जिनसे दूर रहना चैए था। उसने बेस्टेड इंटरेस्टबालों के चोट करी।

काकासाहब : तो इनक्वायरी करा सकते हैं। जयसिंह को अपनी बात कहने का मौका मिलना ही चाहिए। आप उसे आनन-फानन में कैसे निकाल बाहर कर सकते हैं?

जैन : आप तो ऐसे कह रए हो जैसे हमीं मालिक होएँ! हमारी राय आपसे अलग थोड़ई है। मगर मालिक निर्नय कर चुका है। भाभीजी, पार्टी कहाँ चल रई है? वहाँ फोन है? हो तो जैसिंह को यईं बुला लिया जाए। फौरन जमाना पड़ेगा प्लान आफ एक्सन...

[सरिता फोन के करीब पहुँचती है। टेलीफोन बुक में से नम्बर ढूँढ़ निकालती है। दूसरे सिरे पर फोन उठाया जाता है।]

सरिता : हेलो। मैं मिसेज जयसिंह जाधव बोल रही हूँ। जाधव साहब हैं? जी, जरा बुला दें तो...थैंक्स...जी मैं हूँ।

[सरिता टेन्स। काकासाहब और जैन एक्साइटेड। धीरे-धीरे अँधेरा फैलता है।]

[उजाला होता है तब तीनों जयसिंह की प्रतीक्षा कर रहे हैं। अलग-अलग पोजीशन्स में बैठे हुए। कुछ समय बीत चुका है।

घंटी बजती है। सरिता तत्काल दरवाजे की दिशा में जाती है। जयसिंह को साथ लेकर लौटती है।]

जयसिंह : क्या बात है? मुझे क्यों बुलाया? जैन? तुम यहाँ कैसे?

सरिता : *(उसे मृदुलता से बैठाते हुए)*
बैठिए तो। जैन साहब, क्या लेंगे? जिन या व्हिस्की...?
(जयसिंह से)
आप?

जयसिंह : *(बगैर देखे)*
व्हिस्की। विद वाटर।
(जैन से)
व्हाट इज़ इट? क्या माजरा है?

[सरिता साइडबोर्ड के पास पहुँचकर ड्रिंक्स तैयार करती है। जैन पाइप जलाता है।]

जयसिंह : व्हाट इज़ इट जैन? मुझे पार्टी से बुलाया है...जरूर कोई खास बात होगी।...

जैन : खास बात तो हुई है। तुम्हें कुछ पता चला?

जयसिंह : किस चीज का? कमला के बारे में कुछ...?

जैन : ओ, नो!

जयसिंह : तो फिर?

जैन : वेट, बताते हैं। जरा सेटल डाउन तो हो ले यार!

जयसिंह : *(बैठकर)*
लो, हो गया। अब बोलो, क्या बात है।

[सरिता ड्रिंक्स सर्व करती है।]

सरिता : *(काकासाहब से)*
आप लेमोनेड लेंगे?

काकासाहब : नहीं।

जयसिंह : *(सभी से)*
अरे यार कुछ तो बोलो।

सरिता : आपकी नौकरी के बारे में है।

जयसिंह : नौकरी के बारे में? मेरी नौकरी के बारे में?

सरिता : *(कुछ सीरियस, कुछ प्लेफुल तरीके से)*
आपके मालिक ने आपसे खुश होकर आपको नौकरी से निकाल देने का निर्णय किया है।

जयसिंह : मुझे? यू आर जोकिंग!

सरिता : है तो जोक ही, लेकिन आपके मालिक ने उसे सीरियस साबित करना तय किया है। ऐसा जैन साहब का कहना है।

[जयसिंह जैन की ओर देखता है।]

जैन : मुझे अभी पता चला। दौड़ा-दौड़ा प्रेस क्लब गया था तो खबर मुझसे पैलेई पोंच चुकी थी। वैसे, अभी कान्फिडेंसिअल है...

जयसिंह : *(अभी तक विश्वास नहीं कर पाया है पर इर्द-गिर्द गम्भीरता देखकर)*
सच कह रहे हो? या गहरा मजाक है?

जैन : आज साम को हाई लेबिल मीटिंग हुई थी। एंड फार योर इन्फारमेसन तुम्हारा एडीटर वहाँ हाजिर था। और

कौन-कौन था, इसका पता अभी नईं चल पाया है, लेकिन कल सुबै तुम्हें लेटर देना तय हुआ है। ड्राफ्ट भी हो चुका है।

जयसिंह : *(एकदम खड़े होकर)*

इट जस्ट कैनाट बी...

(व्हिस्की का गिलास एक घूँट में खाली करके जैन से)

तुमसे किसने कहा?

जैन : यार हमें काँटों में ना घसीटो। नाम नईं बताएँगे, मगर इत्ता समझ लेओ के न्यूज हंड्रेड परसेंट रिलायबिल है।

जयसिंह : *(फोन की ओर मुड़कर)*

लेट मी आस्क माई एडीटर...

(एकाएक रुककर जैन से)

या उसी ने तुमको बताया है?

[जैन चुप। जयसिंह डायल घुमाता है।]

जैन : वो दिल्ली में नईं है। सामवाली फ्लाइट से बम्बई गया है।

[जयसिंह डायल घुमाना बन्द कर देता है। पिंजरे में कैद शेर की तरह घूमता है।]

जयसिंह : *(गुर्राकर)*

नो...नो...

[फिर फोन के करीब जाता है। फिर इरादा बदलकर साइडबोर्ड की तरफ जाकर नया पैग तैयार करता है और बड़ा घूँट पीता है।]

सरिता : *(मृदुल स्वर में)*

कुछ खा लीजिए न...डाइनिंग टेबुल पर भी बातें हो सकती हैं।

(जैन को इशारा करती है)

जैन : *(हिंट लेकर)*
ओ येस! आओ, डाइनिंग टेबिल पे बैठेंगे।
(खुद जाकर बैठ जाता है।)
कम जैसिंह...

[जयसिंह अपने में डूबा हुआ। हाथ में गिलास। सरिता देख रही है।]

जयसिंह : *(एक्साइटेड)*
रादर इंटरेस्टिंग...दैट्स समथिंग...

काकासाहब : मालिक के इस कदम पर जबरदस्त चीख-पुकार मचेगी। हम कहते हैं जयसिंह, वो पचा नहीं पाएगा।

[सरिता खाना ले आती है। कमलाबाई भी आती है। दोनों मिलकर प्लेट्स लगाती हैं।]

काकासाहब : देख लेना, तुम्हारे मालिक को पछताना पड़ेगा, ये पक्का।

सरिता : *(जयसिह के करीब आकर)*
चलिए। खाते-खाते बातें कीजिए। थोड़ा-सा ही सही, खा लीजिए, प्लीज। जैन साहब राह देख रहे हैं...
(उसे थामकर डायनिंग टेबुल तक लाती है।)
बैठिए!

जयसिंह : *(एकदम वाइल्ड होकर मुट्ठी मेज पर पटककर)*
द बास्टर्ड! डू यू हिअर मी? ही इज ए बास्टर्ड...दैट सेठ। आइल टीच हिम अ लेसन!

[किसी से छिपा नहीं कि वह जरा भी होश में नहीं है।]

सरिता : हाँ-हाँ। बैठिए तो। खाइए कुछ...ये...

जयसिंह : *(चीखकर)*
नो! यू शट अप लेट मी स्पीक! यू शट अप वॉट डज ही इमैजिन हिमसेल्फ टु बी? वॉट इज ही? अ ब्लडी कैपिटलिस्ट! अ स्विंडलर। ब्लैक-मार्केटिअर! इनकम-टैक्स चोर स्साला! होमोसेक्सुअल! अ क्रिमिनल! मैं कल ही प्रेस-कॉन्फ्रेंस बुलाकर उसका पर्दाफाश करता हूँ। नंगा करता हूँ साले को। आय विल टिअर हिम टु पीसेज...द डर्टी पिग!

जैन : *(उसके पास जाकर)*
देखो जैसिंह, ऐसे झुँझलाने से कुछ नईं होयगा। वी मस्ट प्लान केयरफुली...

सरिता : *(समझाकर)*
पहले शान्त हो जाइए। कुछ खा लीजिए पहले। काकासाहब भी रुके हुए हैं।

जयसिंह : *(वहशत से ढकेलकर)*
नो आय डोंट वांट टु ईट। मुझे निकालता है—मुझे? जयसिंह जाधव को? तेरा बाप तक मुझे हाथ नहीं लगा सकता...आय एम गोइंग टु हैक दैट क्रोकिंग अस टु पीसेज ब्लडी बास्टर्ड...

[उसकी आवाज धीरे-धीरे कमजोर होती जाती है। बदन का कंट्रोल जाता रहता है और वह नशे में धुत्त होकर सोफे पर गिर पड़ता है।]

[काकासाहब, सरिता और जैन स्तम्भित होकर देख रहे हैं। कुछ पल निस्तब्धता।]

सरिता : थैंक यू सो मच, जैन साहब! आप आए, रुके रहे...

जैन : दैट्स नथिंग। ही गाट ड्रंक सो सून। हमने सोचा था, कुछ प्लान करेंगे।

काकासाहब : वहाँ पार्टी में भी शायद खूब पी होगी।

सरिता : उसी में ये शॉक। वो सोच भी नहीं सकते कि कोई उन्हें काम से निकाल भी सकता है।

जैन : जी। कौन सोच सकता है। आई वाज साक्ड!

काकासाहब : मालिक को अदालत में झुकना पड़ेगा, हम बताते हैं।

जैन : इसमें सक नईं के इस मामले में अकास-पताल एक करना पड़ेगा। जाब का क्या है, एक छोड़ दस मिल जाएँगी—सवाल बो थोड़ई है। डर इस बात का नईं है कि बुढ़िया मर जाएगी, डर जे है कि मौत ललचा जाएगी।

सरिता : एनी वे, थैंक्स अगेन।

जैन : *(चलते-चलते)*
कल सुबै उठतेई हमको फोन करने को कहना भाभीजी। रा देखेंगे।

सरिता : जी!

[जैन और सरिता बातें करते-करते दरवाजे तक जाते हैं। काकासाहब जहाँ-के-तहाँ खड़े हैं। जयसिंह सोफे पर पड़ा हुआ, अस्त-व्यस्त। सरिता लौटती है।]

काकासाहब : देखा? ये होता है पुरुष का घिस्सा खाना। पुरुषार्थ का भी...समझीं?

[सरिता पल-भर देखती है।]

सरिता : उससे मेरी बात गलत साबित नहीं होती।

काकासाहब : तुम अभी तक अपनी बात लिये बैठी हो?

सरिता : वो खतम नहीं होगी। लेकिन इस घड़ी में उसे मन के किसी कोने में बन्द कर दूँगी, भूल जाऊँगी। एक वो दिन भी आएगा, जब मेरा गुलाम बने रहना रुक जाएगा।

मैं तब इस्तेमाल करके फेंक देनेवाली चीज नहीं रहूँगी काकासाहब। मैं अपनी इच्छा से जिऊँगी और कोई भी मुझ पर अपना अधिकार नहीं जतला पाएगा। वह दिन जरूर आएगा। उस दिन की खातिर मुझे जो भी कीमत चुकानी पड़ेगी, मैं चुकाऊँगी।

[काकासाहब अभिभूत होकर सुन रहे हैं।]

सरिता : आप अब आराम कीजिए काकासाहब!

काकासाहब : *(इशारा कर)*
इसे ऊपर बेडरूम में पहुँचाने का...

सरिता : *(जयसिंह को देखकर)*
गहरी नींद में सोए सभी मालिक कैसे मासूम दिखाई पड़ते हैं...है न? इन्हें यहीं रहने दीजिए। मैं हूँ यहाँ, इनके पास...

काकासाहब : *(लम्बी साँस लेकर)*
गुड नाइट!

सरिता : गुड नाइट!

[काकासाहब धीरे-धीरे गेस्टरूम में चले जाते हैं। सरिता एक-एक लैम्प बुझाती हुई अन्त में एक लैम्प जलता रखती है। जयसिंह के पास पहुँचकर हौले-से उसके जूते उतारती है और सोफे के पास धरती पर बैठ जाती है। थककर आँखें बन्द कर लेती है। फिर खोलती है। उसकी आँखें दूर कहीं देख रही हैं। उनमें अथाह शान्ति। मुँह पर निश्चय की चमक।]

[परदा]

✪